KB253724

예전엔
정말
왜 몰랐을까

예전엔 정말 왜 몰랐을까

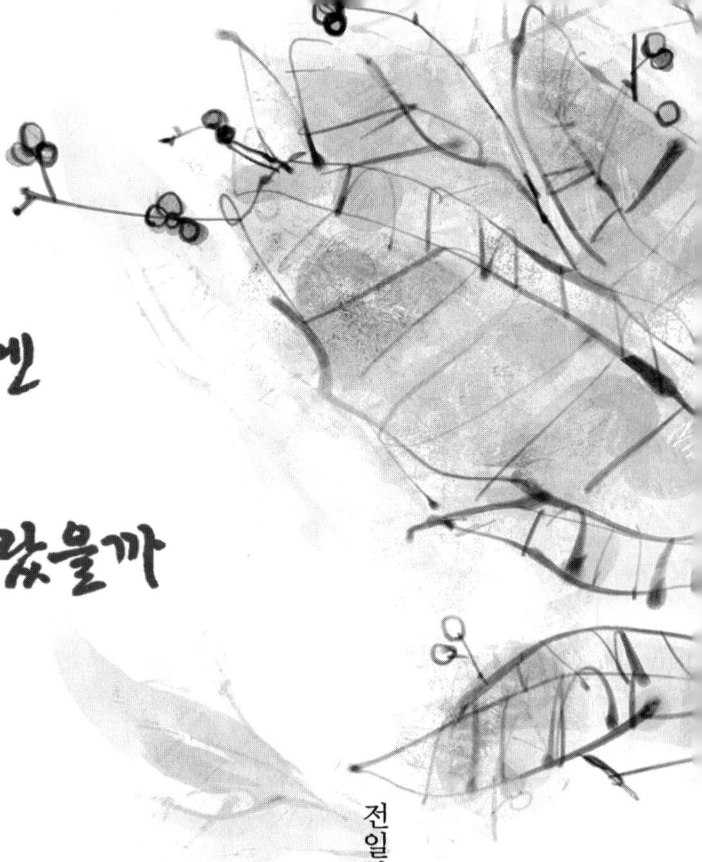

전일환 수필집

수필과비평사

수필집 제 2집을 내며

만 3년 만이다, 수필집 『그 말 한 마디』를 세상에 내놓은 지.

30여 년간 여기저기 써냈던 글을 처음으로 엮으면서 '마치 실오라기 하나 걸치지 않은 벌거벗은 몸뚱이를 내보이는 기분'이라 자서自序했던 게 엊그제 같은데 벌써 세 해가 되었으니 참으로 무상하다. 요즘 이쁜 인기여가수들이 "부끄", "부끄"를 연발하며 노래하는 것처럼 2집을 내면서도 여전히 부끄러운 생각이 든다.

우리 옛 선인들은 스스로 자기 책을 엮지 않았다. 제자나 후손들이 교우들이나 세교世交가 있는 집안을 일일이 수소문해서 선조의 글을 수집하여 책을 엮었다. 교통이나 통신 수단이 전무한 시대에 발로 뛰면서 그런 작업을 해야 했으니, 얼마나 어려운 작업이었을지 가히 짐작하고도 남음이 있다.

이제현의 『익재난고益齋亂稿』도 후손들이 지난한 고생 끝에 겨우 선조의 글을 엮을 수 있었기 때문에 '난고亂稿'라 이름했다니, 난 이것으로 제 2집을 엮는 부끄러움의 변을 삼으려 한다. 아버지, 어머니 편하려고 딸

하나 아들 하나 두었느냐고 불만을 늘어놓았던 내 딸과 아들에게 만에 하나 익재의 후손들처럼 그런 수고를 끼치지 않을까 하여 엮었노라고.

이번 제2집도 제1집처럼 80년대부터 최근까지 써왔던 글들을 엮어 보았다. 공교롭게도 『그 말 한 마디』와 같이 꼭 50편이 되었으니, 모두 100편이 되는 셈이다. 그 중 괜찮은 작품 하나 보이지 않는다. 하니 그저 그런 사람이 그만한 글을 쓴 것이라고 넓고 깊은 마음으로 읽어 주었으면 하는 바람일 뿐이다.

요즈음 출판업계의 어려움을 무릅쓰고 이 책이 세상에 빛을 보게 해주신 ≪수필과비평사≫의 서정환 사장님과 편집에 정성을 쏟아주신 관계자 여러분께 깊은 감사를 드린다.

2010년 한가위 중추절에
전 일 환 識

4부

아름다운 세상

5부

산유화

6부

벼리의 힘줄

7부

바람처럼 구름처럼

1부

섬진강은 흐른다

적멸

작년 여름, 말로만 들어왔던 오대산을 등정할 수 있는 행운이 있었다. 대학신문사 주간직을 맡은 지 일 년이 되는 학기 초 무렵, 세 번이나 제출했던 보직 사퇴서가 반려되어 또 한 학기 동안 기자들과 입씨름을 해야 할 것을 생각하니 자신이 한심하기 짝이 없었다. 그런 봄 학기가 거짓말처럼 순식간에 지나가 버리고 여름방학이 시작되었다.

방학이면 으레 학생기자 수련회가 있어서 주간인 나는 그들을 인솔하고 어디든 다녀와야 했다. 사실 그런 일이란 여간 귀찮고 성가신 일이 아닐 수 없다. 작년 여름에도 지리산 화엄사를 거쳐 달궁으로 가는 도보의 강행군이 매우 힘들었던 기억이 생생했다.

금년엔 오대산으로 가야 한다고 우겨대는 편집국장의 끈질긴 요구에 반송된 결재판을 다시 들고 총장의 재가를 얻어 오대산 등정을 하게 되었다.

오대산은 강원도 태백준령에 버티어 서 있는 백두대간인데 산천이 수려한데다가 산자락이 부드럽고 온유해 초보자들도 편안히 오를 수 있는 산이라 했다. 소금강이라 이름했던 것처럼 산자락과 계곡이 그렇게 아름다울 수 없다고도 한다. 막상 마음을 결정하고 나니 이번 산행이야말로 의례적인 일상에서 벗어나 즐겁고 의미 있는 여행이 될 것이라는 박 선생의 말에 마음이 설레기까지 하였다.

제헌절인 7월 17일 아침, 우린 스쿨버스를 타고 오대산 등산길에 올랐다. 장마기라 언제 어디서 어떤 장대비를 맞을지도 모른다는 불안감이 없진 않았지만, 간간이 쏟아지는 한 줄기의 소나기 외에는 별로 걱정할 일은 없었다.

어느덧 중부고속도로를 벗어나 영동고속도로로 접어들었다. 얼마를 달리니 가남휴게소가 눈앞에 갈아든다. 휴게소 뒤편 오르막엔 파르테논 신전 같은 전쟁기념비가 서 있다. 6·25전란 때 7,000여 명이 넘는 이집트 군사들이 산 설고 물 선 이국땅에 파병되어 전사하거나 행방불명된 자가 일천여 명이 넘는 그 영령들을 기리기 위해서 전적비를 세웠다고 안내되어 있다. 인간들이 사는 세상에서, 사상과 이념이 도대체 무엇이기에 힘없고 이름 없는 사람들만 이렇게 전장에 내몰려 피를 흘려야 하는지 잠시 착잡한 생각에 마음이 가라앉는다.

그만그만한 산야를 얼마쯤 달렸는지 '하진부'라는 표지판이 보이고, 강원도 정선 가는 길이 안내되어 있다. 3년 전, 18대조 채미헌採薇軒 할아버지 묘소 참배 길에 지나갔던 기억이 아련히 스친다. 권세

와 부귀영화를 마다하고 사이군事二君이 도道가 아니라며 끝내 회절
回節치 않다가, 태조로부터 정선에 본향안치本鄕安置된 그 할아버지의
철학이 이해득실을 영악하게 셈하며 슬기롭게 산다는 오늘의 우리
들을 부끄럽게 한다.

　5년 전, 합천댐 공사로 그분의 유택이 수몰될 위기에 처하게 되어
그분의 고향인 정선 땅에 이장을 해야 했다. 파묘했을 때 당시의 경
이로운 충격은 지금도 잊질 못하고 있다. 4, 5미터 깊이에 두꺼운 백
회층을 이루고 다 썩은 목탄 같은 목곽의 흔적 속에 48개의 대장간
못이 여기저기 널려 있었다. 보첩상譜諜上으로는 세종 연간에 일생을
마쳤다고 했으니 족히 500여 년이 넘었다. 그런데 그런 그분의 유골
일부가 우리 후손들 앞에 현신했으니 그저 경이로울 따름이었다. 존
재와 부재의 현상학적인 괴리와 신비로운 감동으로 모두들 한동안
자리를 뜨질 못했었다.

　이런저런 상념에 빠져 있는데 정선이 이곳에서 그리 멀지 않다고
버스기사가 친절하게 일러준다. 우리가 탄 버스는 여기저기 울창한
송림 사이를 숨 가쁘게 달리고 있다. 에어컨 시설이 없는 버스인데
도 고산지대이어서인지 차창 밖에서 들어오는 바람이 서늘하기 이
를 데 없다. 수백 년은 족히 넘음 직한 올곧은 소나무들이 열병이라
도 하듯 우뚝우뚝 서서 속진俗塵에 찌든 우리들을 맞이하고 있다.

　전주를 출발한 지 6시간이 넘어서야 그 유명한 오대산 월정사月精
寺 입구에 다다랐다. 지천으로 널려 있는 감자밭과 옥수수밭, 당근과
채소밭을 가로질러 얼마쯤 달리니 월정사로 들어가는 비포장된 울
창한 숲길이 물기를 머금은 채 촉촉하다.

숲길에 들어서니 햇빛이 거의 스며들지 못할 만큼 산림이 울울창창했다. 마침 무슨 영화를 촬영하는지 분주하게 일하는 스탭진들의 모습이 한눈에 들어왔다. 한 아름이 넘음직한 상수리나무와 전나무의 원시림을 뚫고 또 얼마를 달리니 월정사가 눈앞에 펼쳐진다.

들던 대로 고색창연했던 원래의 절은 6·25때 소실되었고, 새로 중건한 월정사만이 고즈넉이 그 모습을 드러낸다. 마당 한가운데엔 신라 때 건립했다는 국보급의 석탑이 온갖 역사를 말하듯 동그마니 서 있다. 창자까지 짜릿하게 저려오는 약수를 한 모금씩 마시고 다시 상원사上院寺를 향해 길을 재촉했다.

맑은 계곡을 따라 비포장도로를 20여 리쯤 달리는데 이슬처럼 안개비가 흩뿌린다. 멀고 가까운 산자락이 안개구름에 휘감겨 신선경神仙境을 연출하면서 우리 앞에 다가선다. 여백이 많은 동양화가 상상이 아닌 사실화라는 것이 새삼스러워진다. 일제 때 탄허대사가 도를 닦았다던 상원사 아래엔 그분 사리를 모신 사리탑이 자리하고 오가는 길손들을 내려다보고 있다.

이 절에서 오대산의 최고봉인 비로봉까지 2.9㎞, 신라 선덕여왕 때 지었다던 적멸보궁寂滅寶宮까지 1.4㎞라는 이정표가 눈에 들어왔다. 내일 오대산을 종주등반하려면 가볍게 몸을 푸는 게 좋다며 적멸보궁까지만 오르자고 했다. 하늘 끝까지 닿을 것 같은 거대한 원시림을 지나니 땀이 비 오듯 쏟아져 온몸이 물독에 빠진 듯하다. 잠시 발걸음을 멈춰 숨을 고르니 이내 오싹한 냉기가 온몸을 감싼다.

가파른 길을 얼마쯤 올라 보니 적멸보궁이 눈앞에 다가든다. 잘 다듬은 듯한 동그란 주춧돌이 이끼가 낀 채 비탈길 계단에 아무렇게

나 나동그라져 있다. 아마 만고풍상을 겪으면서 여기까지 이르렀나 보다. 가파른 비탈길을 올라 능선에 다다르니 두어 칸 암자가 산 아래를 굽어보면서 외연히 서 있다.

현판에는 적멸보궁이라 쓰여 있다. 건장한 잣나무들이 군락을 이루고 있는데 푸르다 못해 검은 빛을 띠고 서 있다. 멀리서 스님 한 분이 고즈넉한 분위기를 깨고 우리를 향해 걸어왔다. 정말이지 스님과 우리가 없었다면 현판대로 생멸이 사라져버린 정지된 화면처럼 적멸寂滅의 무無의 세계가 계속될 것만 같았다.

스님에게 다가가 말문을 여니 이곳은 사람이 살지 않고 저녁때가 되면 상원사에서 기도하러 참배객들이 올라온다고 한다. 적멸보궁은 신라 선덕여왕 때 지었지만, 역사의 흥망 따라 영고성쇠榮枯盛衰를 거듭하여 오늘에 이르렀단다. 멀리는 선덕여왕으로부터 세조에 이르기까지 이곳에서 참선을 하고 예불을 올렸다고 하니 이게 사람이 살아간다는 것인가 싶다.

지금도 상원사에는 세조의 어의御衣가 보물처럼 보존되어 있고, 그 절 입구엔 그가 쉬면서 갓을 걸어두어서 괘수掛樹라 했다는 재래종 낙엽송이 거목의 모습을 하고 서 있다. 어디서 적막을 흔들기라도 하듯이 새들의 지저귐이 적멸보궁의 적막을 한 줄기 깨뜨리고 지나간다.

(1992년)

섬진강은 흐른다

언제나 사월이 오면 섬진강을 따라 굽이쳐 돌아가는 하동 길에서 눈부신 벚꽃을 감상할 수 있다. 이때쯤이면 이 길에선 벚꽃만이 아니라, 매화꽃이며 배꽃 등이 이에 뒤질세라 흐드러지게 피어나서 지나는 사람들을 즐겁게 한다. 남원 밤티재를 넘으면 맨 먼저 노오란 산수유꽃이 봄의 전령사인 양 봄을 알리며 하동 길까지 뻗쳐 있다. 어디 그뿐이랴. 산야에 여기저기 붉게 토해내는 진달래며 철쭉꽃, 산자락에 포근히 안겨 있는 산촌을 물들이는 살구꽃과 복숭아꽃도 전형적인 한국의 봄을 연출하고 있다. 영락없는 한 폭의 동양화다.

연방 터져 나오는 탄성에 입이 다물어지지 않는다. 환상적이라는 수사가 이를 두고 하는 말인가 보다. 어쨌든 우리 인간이 만들어낸 문자나 말로서는 도저히 흉내조차 낼 수 없는 조화옹造化翁의 신비로

운 창작품이다. 자연이 연출한 아름다움의 극치이다.

박경리의 대하소설 《토지》의 실제 배경이 된 토지면을 지나면 평사리(악양리)가 펼쳐지는데 여기서부터는 강물과 어우러져 눈앞에 전개되는 산천이 그렇게 아름다울 수가 없다. 파란 강물은 하얀 백사장과 어울려 더욱 파랗고, 푸른 산자락엔 진달래꽃이 흐드러져서 영락없이 두보杜甫가 읊어냈던 「강촌」이란 절구가 떠오른다.

강물이 파라니 새 더욱 희고
산이 푸르니 꽃은 더 붉도다
금년 봄을 또 이렇게 보내니
언제나 고향에 다시 돌아갈거나.

이 시는 두보가 53세 되던 해 봄에 지은 시이다. 지금으로부터 1200년 전, 전란을 피해 객지에 떠돌던 그 앞에 문득 다가선 강촌의 봄이 두보의 사향심思鄕心을 북돋우면서 이런 절묘한 시상으로 형상화되었다. 강과 새, 산과 꽃이 종횡으로 대우對偶를 이루면서 파람과 푸름, 새와 꽃의 흼과 붉음을 표현한 「강촌」은 천 년의 세월이 흐른 지금 읊어도 여전히 절창이다.

강물 위를 나는 하얀 갈매기는 파란 강물에 대응되어 더욱 희게 눈부시고, 푸른 산을 배경으로 피어 있는 진달래꽃은 녹색과 대조되어 더욱 붉게 빛날 수밖에 없지 않겠는가. 보색補色대비다. 이러한 자연물들이 찬란한 꽃잔치를 벌이는 가운데 두고 온 산하의 그리움이 절절하게 배어난다.

엊그제 사랑하는 친구와 함께 섬진강가로 꽃구경 길에 나섰다. 벚꽃 길로 이름난 쌍계사에 이르지도 않았는데, 벚꽃이 길 양편에 흐드러지게 피어서 영접사인 양 우리를 즐거이 맞이하고 있다. 연방 탄성이 터져 나온다. 언제 가보아도 이 길은 드라이브 길로도 환상적이다. 봄이면 봄대로 좋고, 가을이면 가을대로 좋다. 사시절 계절의 변화를 자연 그대로 보여주는 아름다움은 어떤 수사로도 흉내조차 낼 수 없는 미의 극치이다.

잠시 차를 멈추고 눈부신 꽃그늘 아래 자리를 잡고 앉아서 그 향기에 젖고 싶은 강한 충동이 인다. 강가에 끝없이 펼쳐진 하얀 백사장을 거닐면서 강바람에 묻어오는 봄 내음도 맡고 싶다. 산과 강, 하늘과 백사장이 연출하는 장관에 취해 있는가 싶었는데 어느새 화개장터다.

화개장터는 쌍계사와 하동으로 갈리는 삼거리에 있다. 입담 좋은 어떤 대중가수의 노랫말처럼 그 옛날 경상도와 강 건너 전라도 사람들이 물물교환으로 법석을 떨던 시골시장터였지만, 지금은 모든 게 현대화되어서 조촐하기 이를 데 없다. 옛날 장터의 환영幻影만이 머리를 스치고 지나갈 뿐이다. 쌍계사 벚꽃을 보려면 이 화개장터 골목을 지나야 한다.

쌍계사 벚꽃 길은 벚꽃이 흐드러지게 피어서 사람들을 맞이하고 있다. 오늘은 우리가 주인공이고, 그들은 우리를 맞이하는 영접사다. 상춘객이 많이 몰리는 주말이면 주객이 완전히 뒤바뀌어 버린다. 꽃이 주인이 되고 구경나온 상춘객은 객의 신세가 된다. 예년보다 이른데도 벚꽃이 만개하여 정말 아름답다. 쌍계사 벚꽃이 유명한 것은 봄이 시작되면서부터 일찍 피기 때문이기도 하지만, 무엇보다도 수령樹齡이 몇십 년인지 알 수도 없는 아름드리 고목에 벚꽃이 피기 때문이 아닐까 한다.

꽃은 아름답다. 우리 인간으로서는 도저히 흉내조차 낼 수 없는 아름다움이다. 은은한 향기가 몸에 감긴다. 그 향기를 듣노라면 자연은 정말 신비롭다는 생각이 든다. 우리네 선인들은 향기를 맡는다는 말보다 듣는다는 '문향聞香'이라는 말을 즐겨 써왔다. 그 진정한 의미를 이젠 알 것 같다.

십 리까지 펼쳐진 쌍계사 벚꽃 길을 휘돌아 나오면 왼쪽으로 하동 가는 길이 펼쳐진다. 여기도 벚꽃이 흐드러져서 열병하듯 행인들을 반기고 있다. 이 벚꽃의 행렬도 쌍계사의 그것과 결코 비할 바가 아니다. 강바람에 흔들리는 강가의 대숲과 물결치듯 출렁이는 보리밭을 배경으로 피어서 오가는 이들에게 눈이 시리도록 찬란한 벚꽃 잔치를 베풀고 있다.

파란 강물과 흰 백사장, 푸른 대숲과 파란 보리밭, 재첩 잡는 강촌의 촌부들이 한데 어우러져서 연출하는 이 한가로운 정경은 영락없는 한 폭의 아름다운 산수화다. 어느 명장名匠이 있어 이런 명화名畵를 그려낼 수가 있고, 이런 아름다운 예술품을 말아낼 수가 있겠는가.

하동에서 광양에 이르는 하동 포구 길에는 여기저기가 모두 재첩회, 재첩국의 원조라는 음식점들이 마치 경쟁이라도 벌이듯 즐비하게 늘어서 있다. 어디서든 재첩회에 소주 한두 잔을 곁들이면 두보가 되고 고산孤山이 된다. 물욕物慾에 눈이 먼 한보 비리의 연루자들이 서글퍼만 보인다. 잠시 빌려다 쓰고 빈손으로 돌아가는 게 우리 중생이라던 불자의 가르침을 왜 모를까 싶다.

    섬진강은 흐른다.
    서러울 때는 우리도 그렇게 흘러가자
    술렁이던 화개장터 전설은 남겨둔 채
    굽이굽이 강물에 흩어진 뱃노래마냥
    우리도 그렇게 흘러가자

    강물은 흐른다.
    그리울 때는 우리도 그렇게 흘러가자
    계절이 오가며 머물던 고향 나루터를 지나
    만남과 이별의 눈물 흘리던 강물마냥
    우리도 그렇게 흘러가자

    섬진강은 흐른다.
    외로울 때는 우리도 그렇게 흘러가자

시간이 흘러 지금이 태고太古 되어
덧없는 세월이 낙엽처럼 흩날려도
우리도 강물처럼 그렇게 흘러가자

강물은 흐른다.
보고플 때는 우리도 그렇게 흘러가자
먼 훗날 바다에 그을린 물새 되어
그리웠던 가슴에 나래를 접자
사랑하기에
나의 기도가 강물처럼 흐르는 강가에 서서
쌍계사에 흐드러진 벚꽃처럼
화사하게 안아 줄 봄을 기다린다.

사랑하는 사람아
세사에 찌든 오욕汚辱의 옷을 벗어버리고
사랑이 머무는 강가로 가자
그리하여 우리도
강물처럼 그렇게 흘러가자

중생衆生은 슬픈 존재다. 인생도 강물처럼 그렇게 흘러간다. 어디로부터 와서 어디로 가는 것인지조차 아무도 모른다. 오욕五慾칠정七情에 눈이 먼 사람도, 사심이 없는 불자佛者도 그렇게 흘러가야만 한다. 무소유無所有하니 행복하더라던 법정스님의 법어가 문득 머리를 스친다. 물욕物慾에 찌든 자들이여, 이 불자의 목소리에 귀를 기울여

라. 세상만사가 헛것이라던 반야심경을 읽어보아라. 네가 진정 소유
하고 있는 것이 하나라도 있는가 곰곰이 생각해 볼 일이다.

(1997년)

깨돌밭으로 즐비한 해수욕장

오늘은 해남 보길도에 가는 날이다. 주섬주섬 가방을 챙겨 여행준비를 마치고 버스에 올랐다. 연신 푸른 남해 바닷가가 차창에 넘실거리고 예송리 조약돌 해수욕장이 눈앞에 다가든다. 낮 12시에 출발한 학교버스가 이 나라 땅 끝이라 이름한 해남 토말土末에 닿은 건 서너 시간이 지난 후였다. 초록빛 바닷물이 잔잔한 이 토말항에서 노화도로 가는 배를 타고 또 노화도에서 보길도로 가는 배를 타야 한다.

하늘은 검은 구름으로 온전히 덮여 있다. 곧 비라도 몰고 올 기세다. 배는 마치 큰 입을 벌린 것처럼 우리를 향해 열려 있는데 트럭이며 승용차, 버스까지 그 큰 입 속으로 기어들어가고 있다. 모두 다 노화도로 가는 승객들인데 우리와 같은 관광객은 거의 보이질 않았다. 한참이나 바다를 가로질러 숨 가쁘게 달리니 눈앞에 커다란 섬이 다가든다. 노화도란다.

선착장 부근의 산이 형편없이 헐리고 있고, 무슨 가공공장에는 굉음이 울리면서 뽀오얀 먼지가 일고 있다. 세상에 산을 저렇게 무자비하게 허물어서 무슨 공사를 강행하냐고 어디선가 볼멘소리가 들려왔다. 어느 일본인 실업가가 섬 가운데 바윗덩이만 사들여 가지고 저렇듯이 공장을 가동한다는 것이다. 돈도 좋지만 아무렴 자연을 저렇게 무자비하게 훼손할 수 있을까 한심스러워진다.

인자仁慈로운 것도 인간에 의해서요, 잔인스러운 것도 우리 인간으로 말미암는다는 생각에 이르고 보니 마음이 허허롭다. 다시 노화도에서 버스에 올라 하얀 먼지가 이는 시멘트 길을 달렸다. 선착장을 벗어나니 모내기를 끝낸 논과 밭들이 드넓게 펼쳐진다. 이곳은 섬이 아니라 육지라고 착각할 만큼 넓은 섬이다. 한참 후에야 보길도로 향하는 선착장에 도착했다. 손을 뻗으면 닿을 것 같은 바다 저편에 떠 있는 섬이 보길도란다.

보길도에 닿자마자, 우리 일행은 고산 유적이 있는 세련정洗蓮亭으로 향했다. 이곳은 고산이 병자호란이 났을 때 속세를 떠나 자연으로 귀화한 요람이다. 부용동芙蓉洞 계곡에서 흐르는 물을 가두어 연못을 만들고 수련과 나무를 심어 인공적으로 조성한 아름다운 연못이다. 연못 한가운데는 섬처럼 대臺를 만들어 정자를 지었는데 그것이 바로 세련정이다. 아직 단청을 하지 않아 소나무 향이 그대로 배어나는 단아한 정자다.

전해지는 말로는 고산 윤선도가 이곳에서 쓰디쓴 세상의 속진俗塵을 씻어내고 스스로를 달랬던 곳이라고 한다. 물에 비친 가비家婢들의 춤과 노래를 듣고 세상에서 입은 상처를 달랬다고도 하고, 시경詩經의 채련녀採蓮女와 같이 연밥 따는 여자들을 보면서 즐겼다고도 하니 현실에 안주安住할 수 없었던 고산의 고뇌가 오히려 안쓰럽다.

300여 년이란 엄청난 시공時空의 한계가 수수愁愁로운 생각마저 불러일으킨다. 세련정 바로 옆에는 보길초등학교가 고즈넉이 자리해 앉아 있고, 한 인부가 듬성듬성한 철책 담장을 보수하고 있다. 이렇게 한적한 섬까지도 왜놈들은 우리의 귀중한 문화유산을 강점하고 훼손했다니 기가 찰 노릇이 아닐 수 없다. 이 학교는 일제 때 개교한 상당히 오랜 역사를 지니고 있지만, 전교생은 90명도 채 되지 않는 자그만 시골학교란다.

고산의 체취를 채 느껴보기도 전에 다시 버스를 타고 숙소가 있는 예송리 해수욕장으로 향하였다. 몇 굽이 산모롱이를 감아 도니 멀리 짙푸른 송림이 뭍과 바다를 가로질러 드넓게 누워 있고, 고깃배 서넛이 정박해 있는 적막한 해수욕장이 펼쳐졌다. 해수욕장 입구에 서 있는 녹슨 안내판에는 해풍을 막아주는 방풍림이 800여 미터에 달하는데 보지도 듣지도 못한 희귀한 나무들의 이름들이 즐비하게 열거되어 있었다.

메밀잣나무, 북가시나무, 동백나무 등 수십 종의 상록수림 속에서 해풍에 부딪히는 잎사귀들의 속삭임이 해조음海潮音과 어우러져 시원스럽다. 백사장 대신 억만 겁이나 바닷물에 닦이고 씻긴 까만 조약돌이 바닷가에 지천으로 깔려 있다. 쏴아악 싹 밀려드는 파도 따라 조약돌 구르는 소리가 신비롭기 그지없다. 여기에선 이렇게 조약돌이 즐비한 해수욕장을 깨돌밭이라 부르고 있다. 아마 갯가의 돌이란 '갯돌'이 깨돌로 음전되어 '깨돌'이라 한 것으로 보인다.

정말 선경仙境이다. 360여 년 전, 고산이 인조의 삼전도 국치의 소식을 접하고 강화도로 가던 중 이 섬을 우연히 발견하고 정착했다는 곳이다. 반지르한 깨돌들이 발끝에 구르고, 바닷물에 밀려 구르는 깨돌들이 해조음과 또 다른 자연의 음악을 만들어내는 이 아름다운 바닷가를 거닐어 보았다. 새삼 자연과는 비교조차 할 수 없는 유한한 우리 인간들이 얼마나 초라한 존재인가를 다시금 생각해 보았다. 어차피 우리 인간들 모두가 종래는 혼자일 수밖에 없다는 원초적인 고독감이 한꺼번에 밀려든다.

이 섬의 주인처럼 여생을 누렸던 고산 역시 그러한 외로움의 질곡桎梏을 결코 벗어나지 못했을 것이라는 생각에 멎으면서.

(1995년)

꽃샘추위

마당에 우뚝 선 목련이 봄기운에 겨워서 꽃망울이 통통하게 불어 있더니 기어이 꽃망울을 터트리고 그 우아한 속살을 눈부시게 드러 내놓았다. 이 엄숙하리만치 장엄한 자연의 순리에 옷깃이 저절로 여 며진다. 해마다 4월이면 우리 집 뜰 안을 가득 메우는 이 목련꽃은 오가는 이들의 시선을 끌기에 모자람이 없다. 가난한 우리 살림이 갑자기 풍성해진 것 같고, 식구들의 얼굴마다 환한 미소가 맴돈다.

목련은 갑옷 같은 단단한 껍질을 깨뜨리고 우아한 아름다움을 올 해도 어김없이 연출해내고 있다. 이 집을 지어 처음 이사 왔을 때, 내 키보다 작고 손가락만 한 굵기의 목련을 사다 심었었다. 그런데 어느새 10여 년이 흘러 이젠 거목으로 자라 하늘을 찌를 듯이 우뚝 서 있다.

올해는 여느 해와 사뭇 다르게 셀 수 없으리만치 많은 꽃봉오리들이 한데 어우러져 시위를 벌이듯 도열하면서 꽃을 피워낸다. 두꺼운 껍질을 인 꽃봉오리가 데모군중을 진압하려는 완전무장한 전경의 대오隊伍 같아 중압감마저 느껴진다. 꽃은 아래로부터 차츰 상층부로 뻗어가며 피어오른다. 이렇게 목련이 만개하는 데에는 대엿새가 소요된다.

목련은 그 눈부신 자태를 뽐내는 기간이 너무도 짧아 안타깝다. 활짝 피었다 싶으면 금세 꽃잎이 여기저기 흩날린다. 떨어져 누운 꽃잎마저 이내 퇴색하여 그 화려한 꿈과는 대조적으로 처연한 슬픔을 자아내기까지 한다.

아마 봄꽃 중에서 이 꽃처럼 가장 생명이 짧고 미추美醜의 양면이 그렇게 확연한 꽃은 드물 성싶다. 그렇지만 봄의 전령사로는 아무래도 목련을 따를 만한 게 없을 것 같다. 탐스럽게 활짝 핀 목련은 그야말로 따사롭고 화사한 봄의 이미지를 그대로 대변해주고도 남음이 있기 때문이다.

아침에 일어날 때마다 싱그런 아침햇살에 조금씩 벙글어 오르면서 피어나는 목련을 보노라면 내 마음은 까닭 없이 즐거워지고 흐뭇해진다. 얼키설키 세사世事에 휘말려 허덕이는 나에게 아름다운 미소로 엄연한 자연의 질서를 어김없이 보여주기 때문일지 모른다.

그러나 변덕스러운 봄 날씨는 목련의 우아한 꿈을 펼치도록 내버려두지 않는다. 별안간 바람이 심하게 일고 궂은비마냥 봄비가 흩날린다. 수은주가 곤두박질치고 금세 영하의 겨울날씨로 변덕을 부리기 일쑤다. 해마다 이때쯤이면 어김없이 봄을 시샘이라도 하는 것처럼 한차례 꽃샘추위가 엄습한다.

간밤엔 강한 바람이 불어 뒷집의 낡은 양철 차양이 몸살하면서 빚어내는 요란한 금속성에 잠을 설쳤다. 얼마쯤 뒤척이다 잠이 들었다. 누군가 노크를 했다.

"누구세요?"

"……."

아무런 기척도 없다. 나도 몰래 소스라치게 놀라 잠을 깨었다. 어둑어둑한 벽면에 매달린 시계가 5시를 가리키고 있었다. 옆에 자고 있는 아들놈이 이불을 걷어 차내고 제멋대로 네 활개를 펴고 곤하게 자고 있다. 이불을 끌어다 덮어 주었다. 아들놈이 요 위에 지도를 그려놓고서도 빳빳하게 풀을 먹인 보송보송한 할머니 요에서 자려고 누웠다.

아들놈은 어린 나이인데도 지나치리만치 결벽적인 성격이 오히려 걱정스럽다. 수저가 바뀌어도 밥을 먹지 않으려 하고, 어쩌다가 수

저에 얼룩이라도 있으면 도시락을 먹지 않고 그냥 올 때가 많다고 제 어미는 걱정이 태산이다. 가끔 혼도 내고 타일러도 보지만 소용이 없단다.

그래도 자식이어서인지 자고 있는 모습에 남다른 정이 간다. 요즘은 할머니가 상경한 뒤라 혼자 자질 못하고 아빠와 함께 자자는 성화에 못 이겨 한 이틀 잠자리를 같이했다. 아들은 신이 났는지 어젯밤에는 다리를 주무르기도 하고 회장선거에서 아슬아슬하게 당선되었다는 이야기를 서너 번씩이나 자랑을 늘어놓던 아이를 물끄러미 바라보다가 심한 강풍으로 제멋대로 흔들리는 창문 쪽으로 자리를 옮겼다. 어디로 향한 그리움인지도 모르면서 그 무엇인가를 그리는 것은 본디 인간의 본성이 그러하기 때문일 게다.

다시 자리에 누울까 하다가 현관문을 밀치고 마당으로 나갔다. 피부에 닿는 냉기가 온몸을 오싹하게 조여 온다. 봄이라지만 이건 완연한 겨울날씨다. 바람은 여전히 강하게 불고 수돗가 물통엔 살얼음이 얼었다. 그 위에 하얀 눈이 듬성듬성 내렸다. 이쯤 되고 보면 영하의 날씬데 봄인 줄 알고 일찍 꽃망울을 터뜨린 목련이 가여워진다. 이 무슨 꽃 시샘이 그토록 잔인할 수가 있으랴 싶다. 그야말로 춘래불사춘春來不似春이다.

두꺼운 옷을 입고 아침 출근길에 나섰다. 길가의 움푹 파인 곳엔 얼음이 하얗게 얼었다. 종종걸음으로 내닫는 행인들의 발길에 차여 여기저기 깨진 탓일 게다. 싸늘한 연구실에 들어가 난로에 불을 지폈다. 갑자기 창 밖엔 함박눈이 바람에 흩날린다. 멀리 모악산이 눈 속에 파묻혀 사라지고, 천잠산 앞 도서관도 맹렬하게 쏟아지는 함박눈에 가려 묻혀버렸다. 하얀 눈송이들이 공중에서 뱅글뱅글 돌다가 창가에 떨어져 쌓인다.

'내 참, 웬 꽃샘추위가 이다지도 극성스러울까?'

변덕스런 봄 날씨가 괜스레 미워진다. 창문엔 휘파람까지 인다. 정말 을씨년스런 봄 날씨다. 아니 봄이 아니라 겨울이다. 자연현상만이 아니라 인간이 사는 세상도 이와 다를 바 없지 싶다. 그렇지만 자연은 순리의 대도大道를 거스르지 않는다는 걸 안다. 이러다가도 얼마를 지나면 언제 그랬느냐는 듯이 벌 나비들이 꽃을 찾아 날아드는 봄꽃 잔치가 펼쳐진다는 것을.

마당에 우뚝 선 목련이 설해雪害를 입었을지라도 꽃샘추위를 딛고 그 화사한 봄을 올해에도 어김없이 우리 가족들의 마음속에 심어주리라. 그리하여 오가는 이들로 하여금 웃음을 잃지 않게 하리라.

(1987년)

비운 만큼 행복해

첫눈이 소담스럽게 내렸다. 앞마당에 서 있는 벌거벗은 목련 가지 위에도, 상록의 굴거리나무나 만리향목 위에도 첫눈은 고결한 자태를 뽐내며 살포시 앉아 있다. 마치 한 해를 되돌아보고 새해를 경건하게 맞이하려는 듯이 그렇게 내려앉았다. 부시시 눈을 비비고 창밖을 내다본 내가 탄성을 지른 건 어김없는 자연의 순리도 순리려와, 아름다움을 연출하는 그 조화옹造化翁의 신비로움 때문이었다.

자연은 눈물겹도록 아름답다. 인간이 엄두도 낼 수 없는 그 아름다움이란 도대체 어디서 오는 것일까? 어줍잖게 미학적인 접근을 시도하는 어리석음을 범하지 말자. 이렇게 첫눈이 소담스럽게 내리면 온통 눈으로 하여 아름다운 산야로 여행을 떠날 일이다. 난 눈 내리는 설경산수를 감상하자고 가까운 친구를 불러 북쪽을 향하기로 하였다. 임실이나 장수 지방에 함박눈이 소담스럽게 내렸다니 북쪽으로 가면 더 아름다운 자연의 신비를 체험할 수 있을 것 같아서였다.

그러나 시간이 차츰 지나면서부터 그건 대단한 착각이었음을 이내 느낄 수 있었다. 북쪽으로 갈수록 산봉우리에 남아 있던 희끗희끗한 잔설마저 보이지 않았기 때문이었다. 비 오는 것도 그러려니와, 눈 내리는 것 또한 무슨 전선에 따른다는 기상학적인 기초과정도 몰랐던 자신의 무지함이 부끄러웠다.

그런 설경은 아니지만 나목裸木들이 즐비하게 늘어서서 한 폭의 담수채화를 연출해 놓은 것 같은 산수. 고금동서를 통틀어 어떤 화가가 이런 자연을 사생寫生해 달라고 한들, 이만큼 아름답게 그려낼 수 있을까?

차창에 스치는 절경에 잠겨 있던 친구도 오늘 같이 아름다운 자연을 본 적이 없노라고 했다. 너나 할 것 없이 세사에 쫓겨 이리 뛰고 저리 내딛다 보니 정작 소중한 것들을 챙겨 볼 겨를도 없이 그저 그런 세파에 떠밀려 흘러왔기 때문이 아닐까 싶다. 물질에 쫓기고 거친 인심에 행여 생채기를 입지 않을까 허위허위 살아오다가 모처럼 이런 아름다운 시간을 갖는다는 건 얼마나 큰 행복인지 모른다.

코끝을 스치는 싸늘한 초겨울 바람이 오히려 상큼하다. 말로만 듣던 대청호 댐이었다. 수백 개가 넘는 계단을 오르니 야트막한 산에 에워싸인 호수가 시퍼런 눈으로 우리를 응시하고 있다. 따끈한 커피라도 마실까 하여 휴게실 문을 비시시 열고 들어가니 아낙네 두서넛이 김장을 하고 있었다. 비릿한 젓갈 냄새며 붉디붉은 양념에 버물리는 김장김치가 갑자기 구미를 돋운다.

세상은 참 많이 변했지만 겨울을 나기 위한 김장만은 예나 지금이나 다름없고, 전국 어디를 가나 그 맛과 향이 평준화 되어간다는 생각이 든다. 커피는 준비하기 어렵다고 하여 우리는 아이스크림 하나씩을 들고 다시 밖으로 나왔다. 호수 위를 건너온 겨울바람이 옷깃을 여미게 한다.

청주로 가는 벼랑길에 올라 현암정에서 호수를 굽어보았다. 잔잔한 에메랄드빛 물결에 부서지는 겨울햇살이 보석처럼 찬란하게 빛나고, 점점이 떠 있는 크고 작은 산들이 흡사 상공에서 내려다본 다도해 같다. 정자 난간에 기대어 서니 겨울바람이 오히려 보드랍고 살갑다. 어디선가 겨울의 정적을 시샘이라도 하듯 요란한 엔진 굉음이 들리더니 하얀 쾌속정이 물보라를 일으키며 쏜살같이 내닫는다. 놀란 철새 떼 한 무리가 퍼더덕 창공을 날아오른다.

동반한 친구가, 한두 차례 와본 곳이지만, 겨울의 호숫가가 이처럼 아름다운지 몰랐노라고 몇 번이나 감탄했다. 이런 아름다움을 접할 때면 불쑥 시심이 용솟음치곤 하지만 그런 재주를 받지 못했으니 번번이 안타까울 밖에. 고려 때 시인 김황원은 대동강 부벽루에 올라 눈앞에 펼쳐진 대동강의 아름다움에 취해 시를 지었다. 너무 아름다움에 도취된 나머지 끝을 맺지 못하고, 해가 서산에 기울자 정자 난간의 기둥을 부여안고 통곡하고 말았다는 『택리지』의 고사가 문득 떠오른다.

기다란 성가엔 강물이 넘치고
너른 들 동편엔 산들만 점점점
　　　……

생각이 멈춰 더 잇질 못하고
마침내 통곡하였는데

이건 참 우스꽝스런 시이다.
이 또한 아름다운 시구가 아니다.

　영조 때 이중환이 옮긴 것이지만, 그가 말한 대로 우스꽝스런 시일 수는 없다. 자연이 연출해내는 아름다운 이 화폭을 어찌 한정된 인간의 필설로 옮겨 그릴 수 있겠는가! 고려대의 시인 김황원도 자연의 신비로운 아름다움에 취해 그만 붓이 굳어버린 건 당연한 일이었으리라. 정말 우리가 바라다본 대청호는 어느 명인이 각고면려 끝에 그려낸 산수화일지라도 이에 비견할 수 없을 것이라는 생각이 들 정도로 아름다웠다.

　신라 때 어떤 수도승이 부처님께 공양할 쌀이 없어 서러워하자, 바위굴에서 쌀이 쏟아져나왔다는 전설로 유명한 현암사로 발길을 돌렸다. 현암사에 오르는 길이 너무도 가파른 탓에 철계단과 철책이 벼랑에 길게 설치되어 있다. 한참을 오르니 숨결이 거칠어지고 땀이 송글송글 솟아오른다. 길 양 옆엔 상수리나무가 하늘을 찌를 듯이 우뚝 솟아 있고, 발길에 차이는 마른 낙엽 소리가 가버린 가을을 서러워하는 양 바스락거린다.

　한 20여 분쯤 올랐을까? 단청이 시원스런 현암사다. 바위 틈에서 떨어지는 약수를 조롱박으로 가득 담아 몇 모금 들이켜니 세상의 속진이 말끔히 씻어지듯 창자를 시원스레 흘러내린다. 현암사에서 조망되는 대청호는 현암정에서 본 것과는 또 다른 느낌의 장관이다.

자연은 정말 아름답다. 이곳에서 도를 닦는 스님들은 과연 선승禪僧이라 해도 지나치지 않을 것 같다. 물욕이 다 무엇이고, 중상모략과 질시와 음모가 다 무엇이랴. 속세에 묻혀 허우적거리는 우리들이 너무나 슬픈 존재일 수밖에 없다는 생각에 스스로 부끄러워진다. 한 움큼일지언정 마음을 비우기라도 하면 비운 만큼 우리는 행복해질 수 있을 텐데.

(1989년)

산바람 바닷바람

동료 몇 분과 함께 바닷바람을 쐬러 격포엘 갔다. 장마철이라 빗방울이 감질나게 오락가락했지만, 네댓 명이 가벼운 차림으로 탱크에 올랐다. ㄱ선생의 지프는 전천후 자동차이다. 어디든 못 가는 데가 없기 때문에 누군가로부터 그렇게 별칭되었다. 정오가 넘을 무렵, 부안에 도착한 우리는 ㄱ선생이 안내하는 대로 ㄱ회관에 들러 점심을 들었다. 작고 조촐한 식당이었다. 문 안에 들자마자 맛있는 냄새가 코끝을 강렬하게 자극했다. 몇 사람이 마주 앉아 술잔을 건네며 정담을 나누고 있었다. 주인은 우리가 초면이 아닌 것처럼 친절하게 맞아들였다.

음식이 나오기 전 먼저 백합회 한 접시에 소주 한 병을 주문했다. 백합회는 한 접시에 오천 원이라고 하나 값에 비해 아주 푸짐하게 나왔다. 일행 중에는 하지를 넘긴 백합은 비브리오균이 있어 위험하다고 꺼리는 사람도 있었다. 특별서비스라며 백합구이 한 접시와 술 한 병을 더 내왔다. 각박한 세상이라지만 아직도 이런 곳이 있다는 생각에 마음이 훈훈하였다.

얼마쯤 저간에 막혔던 이야기를 나누고 있노라니 맛깔스런 백합죽이 뚝배기에 담겨져 나왔다. 우선 백합죽은 시각적으로도 원근의 미식가들에게 호감을 줄 수 있겠다는 생각이 들었다. 시장기도 있었지만 그 보드랍고 시원한 맛이 사람들을 충분히 사로잡고도 남을 만큼 일품이었다. 맛을 보지 않아도 코끝을 자극하는 참기름 냄새며, 죽 내음이 고소했다. 혀끝에 닿는 맛이 정말 감미로울 정도로 녹아내린다. 모두들 탄성을 늘어놓았다.

우리는 양에 관계없이 가반加飯을 하고 목적지인 격포로 향하였다. 광주에서 이곳으로 온다던 ㄹ선생이 도착하려면 아직도 두어 시간은 여유가 있었다. 그러므로 국립공원으로 지정된 변산반도를 구경할 겸 내변산을 일주하고 목적지로 향하자고 하였다. 오랫동안 극심한 가뭄 때문이어서인지 비포장도로가 온통 뽀오얀 먼지를 뒤집어쓰고 있다.

얼마쯤 달리니 재래종 소나무들이 빽빽이 들어서고 그 사이로 가끔씩 층층의 바위가 얼굴을 내민다. 바위와 짙푸른 소나무들이 연출해 내는 아름다운 한 폭의 그림이 시시때때로 우리 앞에 다가들었다간 사라진다. 이런 비경을 지닌 첩첩산중이 여기 있다니, 이 고장은 정말 축복받은 땅이 아닐 수 없다. 그야말로 천간지밀天慳地密의 명승이다.

너른 들판을 끼고 도는 듯하다가도 앞뒤가 꽉 막힌 산중이 전개되고, 또 한참을 달려도 막다른 산중이다. 다시 방향을 바꾸어 돌아 나와야 하는가 싶었는데 드넓은 변산 바다가 눈앞에 펼쳐진다. 이렇게 산과 바다를 아우른 절경이 우리나라에 또 어디 있을까? 그러기에 고려 적 대시인 이규보가 한때 변산의 자재창의 작목사斫木使로 있을 때 이 아름다움을 시로는 도저히 옮길 수 없다면서 단청하는 화가를 불러야 한다고 했던가 보다.

이러한 아름다움 때문에 변산반도가 국립공원으로 지정되었을 거라는 생각이 든다. 옥 같은 계곡의 지류도 그 흐르는 방향을 가늠하기가 무척 어렵고도 오묘했다. 길을 따라 흐르다가도 휘감아 돌아 깊은 소沼를 이루는가 싶다가도, 때로는 거꾸로 흘러내리고 있으니 하나님의 조화造化가 참으로 신비롭다. 정말 지형의 은밀함을 짐작하기가 힘들었다.

산속을 얼마쯤 달리노라니 상당히 너른 평지가 밭으로 일구어져 곡식이 경작되고, 벼랑 옆에는 조그만 암자가 고즈넉이 서 있다. 백제 때 건립되었다던 실상사 유허지란다. 남원 지리산록에 자리한 절 실상사와 이름이 똑같다. 어느 때 소실되었는지 알 수 없지만, 아직도 깨어진 기왓장 조각들이 여기저기 널려 있다. 이곳은 신라에 맞서 처절한 항쟁을 벌였던 백제 최후의 격전장이었고, 6·25 후에도 공비들이 최후까지 항전했던 피의 성이었단다.

역사를 논할 때는 가정법을 쓰지 않는다고는 하지만, 만일 일본에 가 있던 백제의 마지막 황태자가 많은 일본 원군과 함께 돌아와 신라군을 물리쳤다면 일본과 우리나라는 한나라처럼 호혜관계를 유지할 수도 있었을 거라는 엉뚱한 망상도 해보았다. 그리고 오늘날과 같은 호, 영남이란 동서의 첨예한 대립도 없었을 것이라는 생각이 들었다. 어쨌거나 천년이 지난 지금에도 패망한 백제군의 원혼이 여기저기 서려 있거나, 아니면 지금도 구천을 헤맬 것이라는 생각이 가슴을 파고든다. 그리고 6 · 25 때 억울하게 죽어간 영혼들이 이곳에 산재해 있을 것이라는 생각에 이르고 보니 저절로 수수로워진다.

잠시 이런 상념에 젖어 있다가 차에 올라 얼마를 달리니 빗발이 차창에 거세게 부딪친다. 그리고 차창 밖에는 무슨 시골 분교인지 조그만 양식건물이 폐허처럼 자리하고 있고, 그 앞에는 부안 읍민의 젖줄인 상수도원이 호수처럼 넓게 펼쳐져 있다. 여기서부터 도로확장공사가 한창이다. 시냇가를 따라 시원하게 탁 트이는 도로를 통해 산속을 빠져나오니 낯설지 않은 해변이 눈앞에 펼쳐졌다. 바로 여기가 몇 년 전 하계봉사활동을 마치고 귀가하던 스쿨버스가 추락하여 몇 명의 학생이 유명을 달리했던 해창다리다. 거세게 몰아치던 소나기도 그치고 뽀얀 안개가 한 폭의 동양화를 그려내 놓는다.

산과 바다가 조화롭게 어우러진 참 아름다운 바닷가다. 격포에 도착하여 ㅅ회관에 들러 농어회를 시켜놓고 ㄹ선생을 기다렸지만, 해질 녘까지 그는 영영 오질 않았다. 싱싱한 횟감에 한 잔의 소주는 온갖 복잡스런 시정거리의 그것과는 사뭇 다르게 느껴졌다. 사람이 산다는 자체가 복잡다단한 일이다. 오늘 하루라도 잠시 복잡한 세사를 잊고 산바람 바닷바람을 쐴 수 있다는 건 얼마나 행복한 일인가. 비린내 물씬 풍기는 횟집에서 인간에게 씌워진 가식들을 훌훌 벗어던지고 서로를 이야기할 수 있다는 건 분명 하나님이 내린 축복이 아닐 수 없다.

(1988년)

소심의 미소

입추, 처서가 지났어도 노염이 물러설 기미를 보이지 않고 여전히 기승을 부리고 있다. 그래도 새벽녘엔 후텁지근한 더위가 물러서고 잠시 가을 같은 삽상함이 느껴진다. 엄연한 자연의 질서에 경이감이 느껴진다.

여느 해보다도 금년 여름은 참 무더웠다. 이에 도전이라도 하듯 거의 하루도 거르지 않고 연구실로 출근했다. 이것저것 뒤적이고 골똘히 생각에 잠기다 보면 찜통 같은 무더위도 넘길 수 있기 때문이다.

하지만 올해도 언제나 그랬듯이 소중한 여름방학을 허송해버린 아쉬움이 물밀듯이 밀려든다. 언제나 방학을 맞이할 때는 커다란 희망과 기대로 부풀다가도 막상 그 많은 시간을 하는 일 없이 보내고 나면 지난 시간이 아쉬워 마냥 후회와 서운함으로 뒤돌아보곤 했었다.

어느 날이었던가. 그날도 이른 출근버스를 타려고 일찍 일어나 부스스한 눈으로 거실로 나온 난 탄성을 지르지 않을 수 없었다. 창가에 스민 햇살을 머금고 엷디엷은 연두색 난 꽃대 하나가 수줍은 듯 얼굴을 뾰족이 내밀고 그 우아한 모습을 드러내고 있었기 때문이었다. 참으로 신이한 발견이 아닐 수 없었다.

깜짝 놀란 아내와 아이들이 무슨 일인가 싶어 우르르 몰려왔다가는 대수롭지 않은 걸 가지고 야단을 떤다는 표정으로 각기 제 방으로 들어가 버렸다. 그런 뒤에도 나는 줄곧 그 소담한 꽃대에 눈을 쏟으며 시간 가는 줄 몰랐다.

그러니까 꼭 3년 전쯤의 일이다. 내가 지도하는 국문과 학생 중에 혜란이라는 아주 예쁜 여학생이 있었다. 성적도 우수할 뿐더러 성품이 아주 아름다워서 내심 관심이 가던 학생이었다. 1학기 성적 우수 장학생에 선발되어 너무 기쁜 마음에 난분 하나를 들고 연구실을 노크했다고 했다. 난 원래 학생들이 꽃이나 화분 등에 돈을 들여 연구실로 가져오는 것에 상당한 부담을 느껴오던 터라, 그날도 별로 달갑지 않게 받아들였다. 그런 돈이 있으면 절약하여 문고본 하나라도 책을 사서 읽으라고 평소 입버릇처럼 강조해왔기 때문이었다.

이런 내 성미를 잘 알고 있는 그는 집에서 난을 많이 기르는데 크게 번 것을 분양한 것이라는 설명을 곁들이면서 주의사항들을 일일이 열거하였다. 사실 나는 평소 난 재배를 하는 사람들을 보면 무슨 시간을 저렇게 쓸데없이 낭비할까라고 생각했던 좀 한심한 사람이었다. 더군다나 같은 대학 내에 난 재배광인 ㄱ모 과장이 있었는데 한 촉이 나오면 몇십, 몇백만 원을 벌었다고 허풍을 떤다는 소문을 들었던 터라,

그런 유의 사람들을 못마땅하게 생각해 왔었다.

2학기가 시작되던 9월 어느 날, 연구실에 들어선 난 어떤 그윽한 향기에 놀라 여기저기를 두리번거렸다. 아무리 보아도 특별한 것이 없어 보였다. 내 연구실에 가끔 들러 찻잔이며 책상정리를 해주는 여학생이 그날은 짙은 화장을 한 때문이겠거니 그렇게 생각해 버렸다. 그러나 강의를 마친 오후까지도 연구실에 그윽한 향기가 가시질 않았다.

하도 이상한 생각이 들어 여기저기 무딘 후각을 곤두세웠다. 얼마 지나지 않아 곧바로 꽃대 하나에 두세 송이 피어 있는 우아한 난꽃에 눈이 머물렀다. 그 야릇한 향기는 아주 조그만 초롱꽃 같은 여린 꽃에서 은은하게 피어오르고 있었다. 정말 은은하고 다소곳이 흐르는 조용한 향기였다. 이를 일러 암향부동暗香浮動이라 했던가!

화분에 꽂혀 있는 푯말엔 '관음소심觀音素心'이라 적혀 있다. 정말이지 부처의 입가에 스민 미소 같은 담담한 향기다. 세진世塵이나 세상 영욕을 초월한 소심素心의 미소 바로 그것이었다. 물질적 계산에 영악하고 인간의 영욕에 탐닉된 우리들에게 그 고고한 기품으로 경이로움을 강조라도 하는 것 같았다. 마치 세상의 더러운 티끌에 찌든 우리의 마음과 몸을 마치 정결하게 씻기기라도 하듯이.

그날 이후로 난초에 대한 새로운 생각을 하게 되었고, 또 다른 세계에 개안開眼의 계기가 되었다. 언제나 새하얀 한복 차림에 난향 같은 기품을 잃지 않고 강단을 지키셨다는 중학 시절 가람 이병기 선생의 난 재배 일기가 떠올랐다. 곧게 뻗은 난 잎이 조화를 이루면서 난은 기름진 토양을 싫어하고 비탈진 척박한 바위 틈에 남모르게 피어서 지는 그 난의 기품을 옛 선비들이 어찌 흠모하지 않았으랴 싶었다. 그러기에 옛 문인화 속엔 으레 빠짐없이 암벽에 외따로 피어난 난이 주된 소재가 되고, 매란국죽梅蘭菊竹의 사군자가 선비들이 좋아하는 동양화의 주제가 되었던가 보다.

좋은 자리란 그저 기름진 것들이 많이 생기는 영양가 높은 자리라고 생각하는 우리들에게, 그리고 조그만 일을 해 놓고도 남의 눈에 보이려고 틈만 있으면 이름을 드러내 놓아야 직성이 풀리는 우리 속인들에게 이 난은 분명 무엇인가를 일깨우고 있다. 난은 물 관리로부터 햇볕, 공기까지도 여간 신경을 쓰지 않으면 잘 자라지 못하는 결벽성이 지나친 선비 같은 정갈한 식물이다.

이제 며칠 있으면 난꽃이 함초롬히 얼굴을 내밀 테고 그윽한 난향을 다소곳이 피워낼 것이다. 해마다 볼 수도 있었지만, 철없는 어린 것들 때문에 마룻바닥에 몇 번이나 곤두박질쳐졌어도 그 상처를 딛고 3년 만에 찾아온 관음소심의 미소는 분명 우리 집의 귀빈 중 귀빈이 아닐 수 없다. 벌써 가슴이 설렌다. 난꽃이 다소곳이 피면 참으로 마음에 맞는 친구를 불러 한잔의 술잔이라도 기울이고 싶다.

(1985년)

2부

사람 사는 세상

편견

1960년대던가, 남을 호칭할 때 농반경반격弄半敬半格으로 'ㅇㅇ박사'라고 불렀던 때가 있었다. 오늘날처럼 박사선호의식에서 우러나온 것인지, 아니면 어떤 패러독스적인 의도에서 나온 것인지는 알 수 없다. 하지만 어쨌든 좀더 나은 스테이터스를 선망하는 의식에서 비롯된 것임은 두말할 나위가 없다.

오늘날은 대학뿐만이 아니라, 다른 분야에서도 박사가 라이센스처럼 요구되는 실정이다. 얼마 전에는 문교당국에서 현직교수가 박사과정을 밟을 때는 휴직을 해야 한다는 시안을 마련했다는 보도를 접하기도 했다. 대학행정의 합리화나 학생지도의 철저를 위해 필연적으로 도출된 불가피한 조처일 수도 있다는 생각이 든다.

하지만 좀더 심사숙고하고 차분하게 검토한 다음에 어떤 방침을 세우거나 시달을 해야 하지 않을까 싶다. 자칫 일을 너무 성급하게 처리하다가 졸속행정이 되어서는 안 되기 때문이다. 우리는 문교부의 정책들이 그러한 전철을 밟아 왔기 때문에 한때 문교부를 조령모개부朝令暮改部라 냉소적으로 부르기도 했었다. 하루는 아침에, 일 년은 원단元旦에 달려 있으며, 일년지계는 농사에, 십년지계는 식목에, 백년지계는 교육에 달려 있다고 했다. 이 말은 모든 일을 너무 조급하게 이루려는 우리네 성정性情을 일깨워 주는 좋은 경구이다.

사실이지 우리 주변에는 '박사풍년'이라는 생각이 들 정도로 박사가 양산되고 있다. 재주나 능력에 따라 학위를 서너 개씩 가지고 그것을 자랑으로 여기는 사람도 있다. 특히 이공계는 20대 박사가 배출되는 실정인데, 더구나 외국에서 이러한 과정을 밟는 사람도 수백 명이 넘는다고도 한다.

그뿐만 아니라 재력으로 돈을 암만 주면 몇 개월 내에 외국에서 학위를 받기도 하고, 강의 한번 들은 적이 없어도 재주가 많은 사람은 외국 유명대학에서 명예박사를 받아 오기도 한다. 어떤 성급한 사람들은 가짜 박사학위증을 위조하는 일도 허다하여 사회적인 물의를 야기시키는 경우도 심심찮게 문젯거리가 되고 있다.

이런 일들은 어제 오늘의 문제만은 아니었다. 조선조 후기 빈번한 족보 매매로 반상班常이 전도되어 조선의 사회문제로 대두되었다는 것은 이미 잘 알려진 사실이다. 한 예로 영조 때 사노私奴인 이만강이 엄택주라 칭하고 과거에 급제한 후에 경상도 연일현감이 되기도 했다. 그는 훌륭하게 선정을 베풀었지만, 결국 사실이 탄로나자 국문을 받고 흑산도로 귀양을 갔다.

어쨌든 조선 초기보다 양반이 기하급수적으로 급증되어 정조 연간에 과거 응시자가 15만 명이 넘었다고 하니, 사람이 사는 사회는 예나 지금이나 벼슬살이가 어려운 건 다를 게 없는 모양이다. 심지어 홍패紅牌의 위조도 횡행했을 뿐만 아니라, 그 매매가 서울 장안에서 성행했다고 하니 좀더 나은 지위에 오르고자 했던 신분상승의 욕구는 시대의 고금을 가리지 않는 것 같다.

이와는 별도로 외국의 유수한 대학에서 다년간 수학을 한 끝에 훌륭한 학위를 취득하는 사람도 있고, 국내에서도 7, 8여 년 동안 과정을 성실히 이수하고 학위를 받는 진지한 학자도 많다. 하지만 문교 당국이나 대학에서까지도 박사 일변도의 시책을 강구하다 보면 수단과 방법을 가리지 않고 학위를 취득하려는 사람도 적지 않을 것으로 보인다.

번갯불에 콩 볶아 먹듯 하는 성급한 성격 탓에 학위가 상거래처럼 세일되어 범람되는 그런 세상이 되어서도 안 된다. 외형적인 겉치레보다 충실한 내용이 찰찰 넘치는 그런 성숙한 사회가 되었으면 싶다. 외국의 유명대학에서 성실히 받은 학위가 아니라면 차라리 자국에서 찬찬한 연찬硏鑽을 거쳐 받은 학위가 훨씬 높게 평가된다는 일본이 부럽게만 느껴진다.

오히려 그 겉치레가 야단스러워 학위를 끝내 거절했다던 선배 교수들이 존경스럽고, 학벌이 낮더라도 학계에서 숭앙되는 학덕 높은 선학들이 꿋꿋하게 지켜 온 대학이 차라리 자랑스럽다. 형식에 치중한 나머지 내용이 허虛하고 외양만 화려한 서글픈 세상이 되어서도 안 된다. 외국의 것이라면 진위를 가리지 아니하고 선호하는 그릇된

편견에서 벗어나야 하고, 올바로 진가가 평가되는 세상이어야 한다.
제발이지 열등이 지나친 나머지 자비적自卑的인 자세에서 벗어나 우
리들의 긍지와 자존을 하루속히 회복했으면 좋겠다.

(1987년)

무분별의 늪

  대동강 물도 녹는다는 우수가 올해엔 섣달 그믐날이다. 여느 때보다 일찍 가방을 챙겨 출근길을 재촉했다. 그렇게도 힘겹고 지겨웠던 지난 한 해의 잔재를 떨어버리기 위함이었다. 연구실에 들어서자마자, 미루어 놓았던 묵은 원고와 서류들을 정리하고 태워야 할 것들을 한 보따리 싸들고 밖으로 나섰다. 간밤에 내린 눈이 녹아 여기저기서 물방울 듣는 소리가 봄을 알리는 전령인 양 가슴을 두드린다. 겨우내 얼었던 동토凍土도 이 자연의 순리에 어찌할 수 없었는지 스스로를 녹이면서 보드라운 봄바람을 들이마신다.

  돌이켜보기조차 싫은 한 해의 고뇌가 타오르는 서류더미 속에서 뭉게뭉게 피어오른다. 흘려 쓴 무수한 사건들과 이름들이 빨간 입 속으로 삼켜지더니 이내 하얀 잿더미로 하나하나 토해낸다. 피어오르는 파란 연기 속으로 온갖 상념들이 교차한다. 참으로 의로웠던 일, 실망스럽던 일, 두렵고 걱정스러웠던 일, 어찌했으면 더 슬기로웠을까 망설이던 일들이 필름처럼 머리를 스치고 지나간다.

내일은 설날이다. 절름발이 같은 설날이라 불만스럽긴 해도 '민속의 날'이라 이름하여 공휴일로 지정된 것만 해도 다행스럽다. 유독 음력 팔월 보름은 한가위라면서 음력 정월 초하룻날은 설날이 아닌 '민속의 날'이라는 기상천외의 발상은 어디로부터 나온 것일까?. 그리고 또 이런 해괴한 논리가 또 어디 있는가?

그래도 내일이면 소띠 붉은 해가 동녘에서 힘차게 떠오른다. 제발 온갖 부조리와 세상의 더러운 것들을 모두 어둠 속에 묻어버리고, 맑고 밝고 찬란한 새아침이길 소망한다. 그 어둡고 긴 터널을 지나 빛나는 새해의 희망찬 태양이, 이 나라 방방곡곡마다 4천만의 가슴 구석구석마다 밝게 드리워줄 것을 염원해 본다.

이제는 우리 대학에도 시계탑 아래 모여서 소요니, 데모니 하는 혼란스러운 일들이 제발 없었으면 좋겠다. 모두 믿고 의지하며 네 편, 내 편이라 편당짓는 그런 옹졸함에서 성큼 벗어나 밝고 아름다운 대학사회의 풍토를 만들어야지. 그리고 물질만이 최상의 가치기준이 되는 그런 사회보다, 정신적 차원이 우선되는 아름다운 기풍이 우리가 사는 세상에 물결쳤으면 좋겠다.

언제부터인지 몰라도 우리는 스스로를 의식하지 못하는 가운데 우리 자신들을 잃어가고 있다. 우리 민족 고유의 아름다운 멋, 한국인의 멋을 잃어버린 채 살아가는 우리를 되돌아볼 때이다. 의식주 모두가 양식이고, 사고하는 것조차 모두 서구식이다. 이 땅의 교육제도도 그렇고, 사회적 시스템 모두가 그렇다. 더욱이 외국에 나가 몇 년 간 유학하고 온 사람들 중에는 의외로 목불인견의 진풍경을 연출하는 사람들도 많다.

그들의 입에서 흘러나오는 말들은 숫제 외국어인지 우리말인지 분별하기 어려울 정도로 언어박물관을 무색게 한다. 더구나 한국이 어쨌고, 한국의 대학제도가 어떻고, 한국 사람이 어떻다는 자기비하적인 말을 스스럼없이 내뱉을 땐 가증스럽다 못해 서글퍼진다.

나라말의 세력은 국력에 정비례한다. 국력이 강한 나라말 글은 다른 나라에서도 강한 세력을 가지는 법이다. 가뜩이나 우리말과 우리글이 세력을 얻지 못하는 것도 서러운데 항차 우리나라 사람끼리 쓰는 상용어를 외국어로 대치하다시피 남용하는 건 아무리 보아도 지나친 일이다.

물론 서양의 선진문화를 받아들여야만 하는 우리네가 외국어를 잘해야 함은 말할 나위가 없다. 이러한 엄연한 현실을 애써 부정하고 무조건 우리 것만 추켜세우자는 국수주의적인 주장만 늘어놓자는 것도 아니다. 뉘앙스의 차이로 적당한 우리말을 찾지 못해 외국어를 쓸 수밖에 없는 경우를 모르는 바도 아니다.

그러나 잠시 외국에서 유학을 했다거나 외국에 이민을 간 대다수의 사람들 가운데 제 나라 말을 잃어버리고 외국인이 되어 가는 꼴은 차마 눈뜨고는 볼 수가 없다는 말이다. 화교들이, 그것도 먼 옛날에는 종속국이었던 한국 땅에서 자장면 장사를 하면서도 그들 후손들에게 자신들의 모국어를 철저하게 가르치고 자기네의 문화를 가르치는 걸 보면 머리가 숙여진다. 외래문화를 들여올 때도 용어만은 반드시 제 나라 것으로 고쳐 쓰는 그들이 과연 대국인답다.

참말이지 제 나라 말을 고귀하고 소중하게 다듬어 쓰고 사랑해야한다. 제 손의 떡보다 남의 손의 떡이 크게 보이는 그런 어리석음에서 벗어났으면 좋겠다. 그리하여 제 것을 소중하게 아끼고 사랑하는 자존과 긍지를 지닐 줄도 알아야 하지 않을까 싶다.

수백 년 동안 우리 사회 근간을 이뤄왔던 상하좌우 윤리의 벼리(綱)를 찾아 우리의 좌표를 확인할 줄도 알았으면 좋겠다. 더 이상 바람 따라, 물결 따라 부유浮遊하는 부평초는 안 된다. 우리의 근원을 좇아 우리의 얼굴을 그릴 줄 알아야 한다. 음력 팔월 보름은 한가위라면서 공휴일로 정하고, 정월 초하룻날을 숫제 무시해 버리는 우愚를 다시는 범하지 말아야지. 설날을 '민속의 날'이라는 어줍잖은 이름으로 얼버무리는 무분별의 늪에서 이젠 벗어나야 하지 않겠는가!

(1983년)

붓과 칼의 힘

"전 박사! 집에서 기르는 개 미워하는 주인 없지?"

"······."

내가 운전하던 차가 마침 의견義犬으로, 충견忠犬으로 유명한 오수獒樹를 지나던 때라, 동승한 분의 의중을 헤아릴 수 없는 나는 어리둥절할 수밖에 없었다. 고려 때 최자가 쓴 「보한집」에선가 읽었던 오수의견獒樹義犬의 이야기가 떠오르기도 하고, 이런 설화와는 대조적으로 전국에서도 유명한 오수 신포집의 보신탕이 머리를 스치기도 했다.

도대체 동승한 분이 나에게 무슨 말을 하려고 이런 화두를 꺼냈는지 알 수가 없었다. 머뭇거리며 어리둥절해 하는 내 모습이 우스웠던지 말을 이어나갔다.

"개라는 동물은 말여, 아무리 형편없는 것일지라도 주인에게는 언제나 꼬리를 치며 반가워하는 법이거든……."

"그렇죠."

"비 오는 날 진흙투성이의 몸으로도 주인을 보면 달려들거든! 바짓가랑이를 더럽힐까 봐 발길질을 해도 다시 꼬리를 치고 달려드는 게 개 아냐?"

"……."

그때서야 그분이 내게 무엇을 말하려고 이런 말을 꺼냈는지 짐작할 수 있었다. 개라는 동물은 영물로 생각되리만큼 영특할 뿐만 아니라, 주인에 대한 의리도 개를 따를 만한 동물이 없다.

고려 때 오수에 살았던 김 생원이 시장에 나갔다가 만취가 되어 집으로 돌아오던 중에 논바닥에 쓰러져 잠이 들었는데, 그때 쥐불놀이 끝에 남았던 잔불이 번져 소사燒死할 위기에 처했더란다. 마침 그 앞을 지나던 김 생원집 개가 이를 알고는 도랑에 달려가 몸에 물을 적셔서 김 생원에게 불이 번지지 못하게 하고는 결국 그 개는 지쳐서 불에 타서 죽고 말았다. 술에서 깨어난 김 생원이 사람도 하기 힘든 개의 이러한 살신성인에 감복한 바 있어 그 개를 정성스럽게 장사를 지냈다. 그리고 그 무덤을 표하기 위해 나무막대를 꽂았는데 어찌된 영문인지 그 나무막대가 움이 트고 크게 자라 거목이 되었다.

이로 인해 후세 사람들은 이곳을 '개 오獒'자, '나무 수樹'자를 써서 '오수'라 이름했다는 전설이 수백 년도 훨씬 지난 지금에 와서도 이 지방에 전해오고 있다. 이곳 오수사람들은 개라는 동물도 이만 한 의리가 있는 고장인데, 사람이야 말할 나위가 있겠느냐는 식으로 대단한 자부심을 갖고 자랑스러워하고 있다. 자신의 목숨을 주인을 위해 바친 오수의견의 이 설화는 인간관계의 기본 윤리가 흐트러진 오늘을 살아가는 우리들에게 많은 것을 깨닫게 하고도 남음이 있다.

그래서 요즘 말장난을 즐기는 호사가들은 개만도 못한 인간들이 득실거리는 세상을 해학적으로 풍자하여 삼강오륜의 강상綱常에 비유하여 우스갯소리를 만들어내기도 했다. 개는 주인을 절대로 해치지 아니하니(불범기주不犯其主) 군신유의君臣有義요, 반드시 제 애비의 옷을 입고 태어나니(색동기부色同其父) 부자유친父子有親이요, 작은 개는 큰 개를 절대 범하지 아니하니(소불범대小不犯大) 장유유서長幼有序요, 싫어하는 개와는 아무 때나 교접하지 않으니(비시부접非時不接) 부부유별夫婦有別이요, 한 마리 개가 짖으면 온 동네 개가 따라 짖으니(일폐군폐一吠群吠) 붕우유신朋友有信이라. 이 얼마나 재미롭고 탁월한 해학이던가.

세상이 참 많이도 변하고 있음을 실감할 때가 많다. 수의囚衣를 걸친 채 포승줄에 묶여서 텔레비전 화면에 초라하게 비춰지는 전직 대통령의 초췌한 모습에서도 그런 느낌을 받는다. 쿠데타를 일으키고 수많은 광주시민을 용공으로 몰아 처참하게 살육을 감행했던 그들이 체육관 선거를 통해, 혹은 국민의 투표라는 민주방식을 빌려 대통령으로 군림했던 자들이었기 때문일 게다. 무소불위의 막대한 권력을 빌려 재벌들로 하여금 엄청난 재물을 상납게 한 그들은 이 세상의 온갖 부귀영화를 누려온 지 오래이다.

이제 그들도 쿠데타와 부정축재 등의 오욕과 치욕을 뒤집어쓴 채 역사적인 법정에 서게 되었다. 대통령이란 빛나는 명예 대신 세상에서 가장 더러운 이름으로 역사에 기록되는 불운을 맞이했다. 총칼로 정권을 찬탈한 자, 총칼로 망함을 보여 준다는 구약성서의 말씀처럼 역사에 길이길이 남을 것이다.

그러나 이런 총칼잡이들보다 더 우리를 서글프게 만드는 것은 붓의 힘을 팽개치고 칼의 힘에 빌붙어 기생寄生했던 문인들의 행태였다. 과거 일정日政과 군정軍政)의 지루하고 긴 역사의 터널을 지나오면서 붓보다는 칼의 힘이 위대하다는 온갖 찬탄 속에 곡필曲筆을 일삼아 온 이 나라 문인들이 가증스럽다.

그토록 유명하다던 시인과 소설가들이 모두 친일 문학가들이었고, 국어국문학의 진수라고 교과서에 소개된 작품들의 작자가 한결같이 총칼을 쥔 자들을 찬양했던 어용문인 학자들이었다니 기가 막힌다. 모 장군 57회 탄신을 기념하여 손수 짓고 써서 만들어 바쳐진 모 씨의 송시頌詩 액자는 총칼의 힘에 어쩔 수 없이 만들어진 것이라고 궤변을 늘어놓을 수가 있을까?

먼 옛날 최 씨의 무단정치가 60여 년 간이나 계속되던 고려 적에도 희대의 대문장가들이 그들의 잔칫날에 불려가 축시를 지어 주고 떡 몇 조각과 술 몇 잔을 얻어먹었다던 시절도 있었다. 누가 역사란 인생의 거울이라 했던가. 그러나 수백여 년이 지난 대명천지 오늘날에 와서도 백성의 피를 먹고 일어선 자들을 찬양하고 그 대가로 뿌려진 금싸라기를 줍는 그런 문인들이 있다는 것은 너무도 가증스럽고 부끄러운 일이 아닐 수 없다.

그들은 정권을 찬탈한 자들의 자문역을 맡고 그들의 연설문이나 기초하면서 무단정권의 소진장의蘇秦張儀로서 세 치 혀를 어떻게 놀려댔는지 궁금하기 이를 데가 없다. 펜이 칼보다 강하다는 금언이 망언이라고 비웃으면서 온갖 영화를 누려왔을까?

그러나 그런 와중에서도 잎새에 이는 바람에도 부끄러워했던 윤동주가 있어 자랑스럽고, 붓보다 칼의 힘이 난무하던 그 시절에도 한눈 팔지 않고 세상을 살아온 지조 있는 문인들이 우리 곁에 건재한다는 것은 천만다행이다. 정말 개만도 못한 어수선한 세상에서도 문인의 길을 의연히 걸어온 그런 분들이 있었다는 것은 아직도 세상은 살 만한 가치가 있다는 것이 아닐까.

(1996년)

사람 사는 세상

　지난 5월 어느 날, 전前 대통령이 갑자기 서거했다. 그것도 병이
나, 사고로 인한 게 아니라 자살이란 극단의 방법에 의한 죽음이었
다. 그래서 우리들을 더욱 경악게 했고, 세계를 놀라게 했다. 쿠데타
나 반정에 의한 권력승계가 아닌 터에 전직 대통령의 급서急逝는 우
리 국민들의 뇌리에 깊은 상흔과 아픈 앙금을 남긴 채, 오랫동안 우
리들 언저리를 맴돌고 있다.

　지난달 초 부산 아들네 집에 다녀오는 길에 김해 봉하마을에 들러
노 전 대통령의 묘소를 참배하였다. 월요일인데도 동구 밖에서부터
방문행렬이 줄을 이었다. 헤아릴 수 없을 만큼 밀려드는 온갖 차량
들로 온 동네가 모두 주차장으로 변해버렸고, 차를 세워 둘 마땅한
곳이 없어 한참을 맴돌다가 논밭을 임시주차장으로 만든 곳을 가까

스로 찾아 마을 땅을 밟을 수 있었다.

　수많은 참배객들이 대통령의 묘소 앞에서 장사진을 치고 참례순서를 기다리고 있다. 아직 묘소가 조성 중이라지만, 우리가 보는 국가원수의 묘소라기엔 너무도 초라하고 을씨년스러웠다. 평평한 땅 위에 고인돌 같은 커다란 바위가 유골을 업은 채 길게 누워 있는데, 몸도 가누기 힘든 할머니 한 분이 바위를 쓰다듬으며 눈물을 훔치고 있었다. 나도 아내와 딸과 외손녀, 외손자와 더불어 그 대열에 서서 묵념을 올렸다. 그리고 깊은 시름 속에 필자가 문예지『수필과비평』에 연재하고 있는 신라 제3대 유리이사금儒理尼師今을 떠올렸다.

　'이사금'은 왕을 지칭한 이름이다. 시조 박혁거세는 '거서간居西干'이라 했고, 2대 남해왕은 '차차웅次次雄'이라 했으며, 3대 유리왕 대부터 18대 보성왕까지 '이사금尼師今'이라 불렀다. 이후 19대 눌지왕부터 22대 지증왕대까지 '마립간麻立干'으로 불러오다가, 23대 법흥왕대에 이르러서야 비로소 '왕'이라 칭하였다.

　왕을 '이사금'이라 이름한 데는 김부식의 삼국사기에 재미있는 일화가 전한다. 남해왕은 유리태자와 사위 석탈해에게 박朴과 석昔씨 양성兩姓이 연장자로서 임금 자리를 이으라는 유언을 남겼다. 하지만 그 뒤에 또 김씨 성이 또 일어났으므로 세 성씨 중 치장자(齒長者; 잇금이 많은 사람)로서 임금 자리를 잇게 되었으므로 '이사금'이라 일컬었다는 것이다. '거서간'이나 '마립간'의 '간干'은 몽골에서 왕을 지칭하는 '칸(khan)'의 뜻이며, '마립'은 우두머리의 '머리' 가 모음이 교체된 것으로 왕이란 뜻임을 쉽게 알 수가 있다.

　유리왕은 성덕 넘치는 훌륭한 임금이었다. 하버드 의과대학 정신과 교수인 벤슨 박사는 리더의 주요 덕목으로 '겸손'과 '자기억제', 그리고 '강인성'을 꼽았다. 한 나라의 왕이나 대통령에게도 이런 덕목은 절대적인 요소다. 국민에게 군림하며 통치한다는 생각을 가진 대통령은 진정한 리더가 될 수 없다. 난 지금으로부터 1981년 전, 전제 왕권시대의 유리왕에게서 벤슨 교수가 말한 참된 리더의 철학을 발견하고, 우리나라의 정치상황 따라 형편없이 일그러져가는 이 사회와 국가에 환멸을 느끼다가도 스스로 위안을 삼을 때가 많다.

유리왕과 매부 석탈해는 서로 왕재王材가 아니라며 한사코 왕좌를 사양하였다. 급기야 신하들의 주청으로 떡을 물어 시험한 뒤, 잇금이 많은 유리왕이 먼저 왕위에 올랐다. 요즘 정치인들과는 달리 이들로부터 자기를 낮출 줄 아는 겸손과 욕망을 억누르는 자기억제의 성품을 발견하고, 오히려 우리 옛 선조들이 오늘을 슬기롭게 살아간다는 우리들보다 훨씬 더 훌륭했을 거라는 생각이 든다.

유리왕 5년(서기 28년) 겨울 11월에 왕이 몸소 국내를 순행하다가 눈 속에서 굶어 얼어 죽는 노인을 발견하고 자신의 용포龍袍를 벗어 덮어 주면서 백성들이 이런 극한상황에 처한 건 결코 왕이 되어서는 안 될 자신이 왕이 된 내 탓이며, 나의 죄라 했다. 그리고 국내를 샅샅이 살펴 이토록 불행하게 살아가는 사람들, 예컨대 홀아비, 과부, 고아, 독거노인, 늙어 병든 자, 혼자 힘으로 살아갈 수 없는 자 등 6등급의 어려운 이들을 모아 그들이 잘 살아갈 수 있는 방책을 세우라고 했다.

이 소문을 들은 이웃나라 백성들이 국경을 넘어 구름처럼 모여들었고, 따라서 백성들의 삶도 즐거움에 넘쳐흘렀다. 백성들이 유리왕의 이러한 성덕을 즐거움과 태평세월에 담아 노래한 것이 「도솔가」
라 했으니, 그들이 사는 나라와 임금에 대한 애국과 자긍심이 하늘
을 찌르고도 남았다는 사실이 역력히 드러난다.

가히 유리왕의 치도治道의 철학을 엿볼 수 있는 대목이 아닐 수 없
다. 유리왕은 불세출의 성군聖君이다. 힘 있는 가진 자보다 힘없는
불쌍한 사람들을 위해 필요한 것이 참정치란 생각을 가진 훌륭한 리
더였다. 정치! 이 다스림의 행위는 유리이사금이 펼쳤던 그런 훌륭
한 덕치德治가 아니었을까 싶다.

정치란 백성 위에 군림하는 게 아니라, 그들을 하늘처럼 받들어서
모두가 행복을 구가할 수 있도록 하는 고도의 인간기술이다. 그리고
이 '다스림'의 행위는 진정 유리왕이 몸소 실천궁행했던 것처럼 힘없
고 불행한 소외계층을 위한 것이지, 결코 힘 있는 가진 자들만을 위한
게 아니다. 그러므로 유리왕대야말로 중국의 요순시대처럼 태평연월
을 구가하는 태평가가 전국을 넘쳐흘렀던 시대였을 것으로 보인다.

그러나 안타깝게도 그 도솔가는 이름만 전할 뿐, 가사가 전해오지
않는다. 하지만 그런 나라에 산다는 게 얼마나 자랑스럽고, 그런 임
금을 모시고 산다는 것이 얼마 만큼 행복할 것인가는 김부식이 쓴
『삼국사기』에 '민속환강民俗歡康', '시제도솔가始製兜率歌'라 기록된 것
에서 극명하게 드러난다. 그러므로 도솔가는 나라에 자긍심 넘치는
애국가요, 태평가이며, 임금의 성덕을 칭송하는 송덕가頌德歌일 거라
는 생각은 너무도 당연한 일이다.

새삼 세상이 어수선한 오늘에 이르러서 근 2000년 전 신라 제3대
유리이사금이 그립고 그런 지도자가 보고 싶은 것은 나만의 감상感

傷일까? 그리고 그가 꿈꾸었던 세상이 전직 대통령이 펴왔던 '사람 사는 세상'이 아니었을까 라는 생각이 강하게 밀려드는 건 무슨 까닭인지…….

(2009년)

정직한 지도자

세상이 온통 부정과 검은 돈과의 커넥션으로 떠들썩하다. 무슨 무슨 로비사건이 연일 터지더니 급기야 청와대 비서관까지 연루된 사실이 밝혀져 또 한 번 실소失笑를 금할 수가 없다. 세상이 왜 이런지 모르겠다. 소문이 났을 때만 해도 그런 일은 들은 적도, 본 적도 없다고 발뺌을 하더니, 이제 와선 국가에 보탬이 될 것 같아 그렇게 했노라고 말을 바꾸고 있으니 도무지 종잡을 수가 없다.

더구나 자신만은 법적인 책임이 없다고 강변하고 있으니, 나라의 공복公僕치고는 너무나 치졸한 처사가 아닌가 싶다. 우리네 공직자들은 입만 열면 거짓말이 난무한다. 한때 우리나라에서는 나라에서 발표하는 것들은 모두 거꾸로 받아들여야 하는 시대가 있었다. 쌀값이 내린다면 그건 필경 오른다는 말이며, 기름 값이 오른다면 반드시 내린다는 말로 통용되었으니, 지금 생각해 보아도 기기 막힐 일이 아닐 수가 없다.

세상에 있지도 않은 보물선을 만들어 주식을 수백, 수천 배로 뻥 튀겨서 수백억 원을 나누어 가졌다니 대동강 물을 팔아먹었다던 봉이 김 선달도 이 소리를 들으면 자다가도 웃을 노릇이다. 이건 조작造作이 아니라, 숫제 공작工作이다. 우리나라는 정치적인 공작도 세계에서 수준급 이상이라지만, 사회경제적인 것들도 이에 뒤지지 않는다.

이런 세상이고 보면 대한의 아들로서 국방의 의무를 당당하게 이행하겠다던 유명 인기 가수가 미국시민권을 취득했다고 허탈해 할 수 있을까 싶다. 이 젊은이가 보여주듯이 우리나라는 훌륭한 지도자가 길러질 수 있는 어떤 환경도 갖추어지지 않은 나라다. 가정도, 학교도, 사회도 올바름을 찾아볼 수가 없고 또 그런 교육을 하는 곳이 없다. 있다면 오로지 입신영달을 위한 지식교육만이 존재할 뿐이다. 세상이 온통 거짓말 천지요, 비리와 탈법이 판을 치고 있으니 법을 지키는 사람이 바보다.

얼마 전 세계적인 역사학자인 미국 예일 대학의 폴 케네디 교수가 지도자가 갖추어야 할 덕목으로 정직과 희생정신을 꼽았다. 작은 단체든 큰 단체든 단체를 이끌 수 있는 지도자가 되기 위해서는 반드시 정직해야 하며 남을 위해 자신을 희생할 수 있는 정신이 있어야 한다는 거였다. 그리고 지도자는 태어나는 게 아니라 길러지는 것이라고 했다.

누군가 동양에서 세계적인 지도자가 나올 수 있느냐고 질문을 하자, 한국은 거론도 하지 않은 채, 일본도 지도자가 길러질 수 없다면서 중국은 '크레이지 리더 〈광적인 지도자〉가 나올 수 있다고 한 말이 지금도 생생하다. 말은 아니했으나 한국에서는 그런 지도자가 길러질 수 없다는 예리한 통찰력이 숨어 있는 것 같아 부끄러움과 한심함으로 달아올랐다.

조선 정조 때 홍만종의 『순오지旬五志』에서는 우산 산傘자의 파자破字풀이를 통해 지도자론을 보여주고 있다. 우산은 일차적으로 비바람을 자신이 맞아 막아줌으로써 그 아래에 있는 사람들이 비와 바람을 피할 수 있게 한다. 이는 자신이 희생을 해야만 휘하의 많은 사람들이 평안해질 수 있다는 것으로 풀이된다.

실제로 역사적으로 이름난 지도자들은 한결같이 자신을 돌보지 아니하고 자신을 몸소 바친 지사志士나 열사烈士들이다. 처자식까지 목 베어 죽인 뒤 5천의 군사로 나당연합군과 싸우다 장렬하게 전사한 계백 장군이나, 백의종군하면서 오직 나라를 위해 목숨을 바친 이순신 장군 등이 그렇고, 일제암흑기에 구국에 몸을 던진 수많은 의병장들이 그렇다.

그게 바로 자신을 버리면서 남에게 이바지한 고귀한 희생정신이다. 나만 알고 남을 배려할 줄 모르는 약삭빠른 현대인들에게는 이런 사람들이 바보천치로 보일 테지만 말이다.

금년엔 지방을 이끌고 나라를 책임질 지도자를 뽑는 양대 선거가 있는 해이다. 벌써부터 7룡이니, 8룡이니 하면서 자신만이 지방이나 나라를 책임질 수 있다고 떠들어대고 있지만, 정작 나라와 민족을 위해 자신을 희생할 수 있는 정직한 지도자가 나올지 모르겠다.

제발이지 나라를 이끌어 가겠다는 사람들 가운데, 또다시 자신이

나 자식들의 병역문제가 불거져서 볼썽사나운 추태를 보이지 않았으면 좋겠다. 그래야만 병역기피를 위해 미국시민권을 따낸 인기 가수의 치기痴氣가 다시 재현되지 아니할 것이 아닌가 말이다.

(1998년)

상생相生하는 사회

우리나라 사람들은 '나' 자신을 이 세상 무엇보다 소중하게 여기지만 '우리' 라는 집단적 애정도 유다르게 깊고 짙다. 애초부터 우리는 어느 집안, 어떤 문중에 소속되고, 무슨 지방에 산다는 어떤 한정성에 갇혀 살아가는 데 너무 익숙하다. 그러므로 우리들은 너나 할 것 없이 혈연과 지연, 학연이란 '연緣줄' 의식에 깊숙이 매몰돼 있다.

그도 저도 아니면 어떻게든 공통성이나 유사성을 찾아내어 계를 조직하거나 무슨 무슨 모임을 만들어서 세력을 확장하고 서로 도움을 주고받으며 살아간다. 이러한 집단의식은 때론 사상事象의 추이나, 사실의 시비오정是非誤正을 가리지 못하고 패거리 집단을 형성하여 온갖 해악을 끼칠 때도 많다. 그러나 이 끈끈하고도 질긴 집단 애정은 때때로 긍정적인 힘이 나올 때도 많다. 오히려 그러한 집단의식이 우리 정신의 저변에 깔려 있었기 때문에 우리나라가 수백 번의 외침에서도 우리 고유의 문화를 굳굳하게 지켜냈다면 얼토당토않고 말도 안 되는 억측이라고 할까.

선조 때의 임진, 정유왜란도, 잔악한 일제 36년간의 폭압이나 동족상잔의 참혹한 전쟁도 이러한 끈끈한 집단의식에 힘입어 극복할 수 있었다. 방방곡곡에서 요원의 불길처럼 일어난 의병과 승병들이 정규적인 관군보다도 오히려 엄청난 전공을 세우면서 외침을 막아냈다는 사실 자체가 그러한 집단의식의 소산이 아닐 수 없다.

이 유다른 연줄 의식, 이를테면 종씨, 동문, 동향에 대한 지나친 열정과 애정이 때론 합리와 논리를 바탕으로 한 민주주의에 걸맞지 않아 세상살이를 어렵게 하고 힘들게 할 때도 많다. 민주적인 대화와 토론의 광장이어야 할 국회마저 패거리정당의 전장터가 되어 개문폐전開門廢廛만 거듭하고 있는 것도 이런 데서 기인된다.

2000년 밀레니엄 새 세기가 되면 세상이 좀 달라질 거라고 무단히 기대를 걸었던 자신이 몹시도 어리석었다는 생각이 든다. 언필칭 386세대라던 초선의원들도 오죽했으면 '그 꼴 보러 국회를 왔던가.'라고 한심해 하고, '정말이지 지금 당장이라도 그만두고 싶다.'고 했을까 싶다. 그런 그들이 어떻게 의사집단이 어떻고, 약사집단이 저렇다고 매도할 수가 있을까. 금권이나 연줄의 로비에 떠밀리지 않고, 가장 공명정대하게 입법에 참여했다면 그들이 아무리 떠든다고 한들, 다시 개정을 서두르는 우를 범하진 않았을 터.

이러한 아쉬움은 정부의 관계부처에서도 마찬가지로 나타난다. 국민의 건강을 위한다는 명실상부한 원리원칙에 충실했다면 전쟁에

버금가는 그런 혼란과 대란이 있었을 리 만무하다. 진단과 처방이 의사의 몫이라면, 약사는 의사의 처방대로 조제해야 마땅하다는 것은 교과서적인 원론이다.

그렇게 쉬운 문제를 왜 그토록 어렵게 풀려고 하는 것인지 도무지 알 수가 없다. 그렇게 된 데는 맑고 투명한 원론과 원칙이 부재한 탓이라고 할 수밖에 없다. 깨끗하지 못한 무슨 무슨 로비에 밀려 제 길을 제대로 가지 못한 관계자들 때문이라는 말이다.

여기저기에서 집단행동들이 줄을 잇고 있다. 역사적인 남북 정상회담을 이끌어냈는데도 여야의 치졸한 정쟁만 일삼는 국회가 무더위에 지친 우리를 더욱 분노케 한다. 그리고 의료계와 약사계, 은행계, 호텔노조원 등 각계각층에서 벌어지고 있는 일련의 극단적 집단행동은 우리를 걱정과 불안으로 몰아가고 있다.

남북분단 55년 만에 남북의 정상이 모처럼 만나 누이 좋고 매부 좋은 win-win정책을 내세워 상생相生을 구가하듯이 원론과 원칙에 입각한 정책을 세워서 서로 돕고 살아가는 좋은 세상을 만들면 얼마나 좋을까. 자칫 '법대로'를 내세워 진압경찰의 폭력이 난무하는 것은 시대착오적인 한심한 작태다.

지금이 어떤 세상인데 집단적인 힘의 논리와 전근대적인 경찰의 고압적 진압이 통용된다고 보는지. 의료파업이나 은행파업 등 일련의 이런 사태들을 무조건 집단이기주의라고 매도하기 전에 정부당국의 무정책과 무능에서 빚어진 것은 아닌지 곰곰이 살펴볼 일이다.

폭우가 쏟아지는 칠흑 같은 밤, 연암 박지원은 마치 귀신 우는 소리를 내며 우렁차게 흘러가는 요하를 하룻밤에 아홉 번이나 배로 건널 때 정말 그렇게 무서울 수 없었다고 했다. 하지만 생각을 달리하여 안방의 안락한 보료에 앉아 있는 것이라고 생각하니 조금도 무섭지 않았다고 술회하였다. 하니 귀로 듣고 눈으로 보는 현상적인 것들이 모두 참이 아니라 세상 모든 것들이 자기 생각하기에 따라 다르다는 철학적 사실을 연암은 「일야구도하기一夜九渡河記」에 분석적으로 그려냈다.

우린 세상을 살면서 눈으로 보고 귀로 듣는 것이 모두가 참이라고 생각해 왔다. 하지만 그런 일차적 감각기관을 통해 전달되는 것들이 모두 진실일까? 그것들 속에, 그 뒤편에 자리한 본질을 보지 못하고 있지나 않는지 되돌아볼 때인 것 같다.

집단이기주의를 무조건 나쁜 것이라고 내몰아서도 안 된다. 내 집안이 잘되면 사회가 잘되고, 사회가 잘되면 나라가 잘되는 건 당연한 순리다. 다만 나만이, 내 집안만, 내가 소속된 집단만 잘되면 그만이다는 그런 극단의 이기주의만 경계하면 된다. 그렇게만 된다면 우리가 걱정하고 염려하는 패악적悖惡的 집단이기주의는 이 땅에서 발붙이지 못할 것이기 때문이다.

나와 우리의 이익만을 얻기 위하여, 자기가 소속한 정당의 기득권을 잃지 않기 위하여 부추키는 집단이기주의는 안 된다. 서로 도와 상생하는 사회를 만들기 위해서도 긍정적인 집단이기주의는 필요하다. 그러나 그것은 반드시 관계당국의 원칙과 원론적인 정책이 선행되어야 하는 조건이 있어야만 가능한 일이다.

(2000년)

썩은 봇물

　요즘 수의囚衣를 걸치고 포승줄에 묶인 전직 대통령들이 텔레비전 화면에 이따금씩 비추어져 보는 이들로 하여금 한없는 서글픔과 탄식을 자아내게 한다. 대권의 야욕에 눈먼 그들은 쿠데타를 일으켜서 상관을 사살하거나 구속하여 진실을 호도糊塗하고 선량한 시민들을 용공분자로 몰아 처참한 살육殺戮을 감행키도 했다.

　국민을 행복하고 안락하게 살아가도록 해야 할 신성한 국방의 의무를 저버리고, 도리어 선량한 시민들에게 닥치는 대로 총칼을 휘둘러서 비명에 간 사람들이 얼마인지 알 길이 없다. 아직도 망월동 묘지에는 편히 잠들지 못하고, 구천을 헤매는 원혼들이 얼마인지 모른다.

　살육을 일삼았던 그들이 하루아침에 군복 대신 양복을 갈아입고, 마치 정치가인 양 변신하여 탤런트보다도 더 능숙한 연기를 보여주었다. 체육관 선거나 국민투표라는 미명하에 권좌에 앉아 무소불위의 절대 권력을 닥치는 대로 휘둘렀다. 그리고 재벌들 스스로 막대한 정치자금을 앞다퉈 헌납케 하면서 이 세상 최고의 부귀영화를 신물나게 누렸다.

온갖 부정한 방법을 동원하여 고모라성보다 더 크게 쌓아올린 부정축재가 온 세상에 드러나자, 능란한 연기 솜씨로 사실을 호도했다. 그래놓고 그들은 입을 모아 그 엄청난 돈을 정치자금으로 썼다고도 했고, 혹은 이 세상 그늘진 곳에서 불우하게 살아가는 이들을 도우는 데 썼다고도 미화했다. 그러나 사실인즉 '꽃동네'에 매월 단돈 몇천 원씩만 보냈다고 하니 기가 막히고 말문이 막혀 할 말이 없다.

단돈 몇천 원과 수천억 원!

이 천문학적인 하늘과 땅만큼의 엄청난 괴리감에 놀라지 않을 사람이 어디 있을까. 공자는 사람을 분별하는 방법으로 그 첫째를 어렵다 해서 사람으로서 해서는 안 되는 일을 하는가를 보아야 한다고 했고, 둘째, 힘이 있을 때 무슨 일을 하는가를 보아야 한다고 했으며, 셋째, 귀하게 되었을 때 누구를 천거하는가를 보아야 한다고 하였다.

공자의 이 인간분별법을 굳이 따지지 않는다 하더라도 이들의 언행은 너무 지나치다 하지 않을 수 없다. 더구나 한 사람은 사과 상자에 현금 61억 원을 담아 창고에 보관해 왔다고 하니, 그들이 과연 정상적인 사람들이었는지 아연실색해지지 않을 수 없다. 이제 그들은 쿠데타와 5·18 광주만행, 그리고 부정축재의 오욕을 뒤집어쓴 채 법정에 서서 심판을 받아야 한다.

대통령이란 빛나는 명예 대신에 이 세상 온갖 더럽고 추잡한 이름으로 역사에 기록되어야 하는 참으로 불우한 세기의 탕아로 전락되고 있다. 총칼로 상관과 법질서를 짓밟고 시민을 용공으로 몰아 정권을 찬탈한 자 총칼로 망한다는 철리哲理를 우리 후세들에게 생생하게 보여주었다.

그러나 이들보다 더 초라하고 한심한 군상群像들이 우리를 더욱 서글프게 하고 있다. 누가 역사를 현세의 거울이라 했던가. 고려 적 무단정치가 극단을 달릴 때 문인학자들 가운데 무신들의 비위를 맞춰 살다간 사람도 많았고, 산야에 은둔하여 세상을 냉소로 풍미한 사람들도 있었다. 대문장가로 알려진 사람들 가운데는 칼 쥔 자들의 생일잔치에 불려나가 그들을 칭송하는 송시를 지어주고 자신의 명맥을 이어간 사람들도 있었다.

우리나라는 불행했던 일제와 미군정, 쿠데타에 의한 국군정國軍政이란 왜곡된 역사의 수레바퀴 속에서 많은 지사志士나 의사義士들이 자괴와 회한에 빠져 끝내는 요절한 사람들이 많았다. 독립운동을 했거나, 불온한 글을 남발했다는 죄목으로 고문을 받거나 혹은 참담한 죄책감에 빠져들어 스스로 괴로워하다가 단명을 재촉한 사람도 많았다.

우리는 '천재는 요절한다.'는 막연한 사실을 그저 무심코 그러려니 하면서 살아왔다. 천재이기 때문에 천재적인 시인이나 작가들을 하늘이 먼저 부른다는, 그런 근거도 없는 이야기를 그저 그대로 믿으려 했다. 그러나 요절한 문학가들이 왜 그리 되었는지를 깨닫게 된 것은 최근의 일이다. 하마터면 우리 한국문학사에 길이 남았을 당대의 걸출한 문인들이 태깔 좋은 허울이 벗겨진 채 그 진영眞影을 우리들 앞에 드러내 놓은 것도 얼마 전의 일이다.

한국 최고의 서정시인이라 찬사를 받던 사람이 일제 때 '가미가제 특공대'를 찬양하는 송시를 썼다는 충격적인 사실이 밝혀지면서 우리를 얼마나 서글프게 했는가. 국방의 신성한 의무를 저버리고 대권의 야욕에 눈이 멀어 선량한 시민들을 처참하게 살육한 자의 57회 생신을 축하하는 그의 육필 축시는 더 이상 말을 필요로 하지 않는다. 우리나라는 이처럼 환경과 여건을 잘 맞추어 사는 사람들이 과거부터 잘 살아왔다. 때론 물질의 축복과 권력의 부스러기들을 주워 모아 떵떵거리며 잘 살았다.

끝까지 양심을 버리지 못하고 길이 아니면 결코 가지 않았던 이들은 참담한 정신적 고뇌 속에 빠져들어 스스로 죽음을 선택한 이들도 많았다. 그래서 그들은 잎새에 이는 바람에도 부끄러워했고, 이 사회가 술 먹이며 주태백을 만들었다고 절규했다. 광복 이후 우리나라는 건국의 과정에서 역사를 올바로 청산하지 못하고, 친일분자가 하루아침에 애국지사로 변신하는 아이러니 속에 빠져들어 민족정기를 제대로 세우질 못하였다.

그러나 그토록 왜곡된 상황 속에서도 이 사회가 술 먹인다던 지조 있는 문학가들이 있었다는 건 천만다행한 일이 아닐 수 없다. 길흉화복吉凶禍福과 흥망성쇠興亡盛衰가 세상 사는 자연의 이법이라면 기득권층이 영원한 기득권층을 낳는 왜곡된 현실 속에서 하루빨리 벗어나야만 한다. 기득권층의 썩은 못물에 새 물이 갈아 들어가야만 자정능력自淨能力이 회복될 것이며, 우리의 후세들이 살 만한 세상이 되지 않을까 싶다는 말이다.

(1996년)

인정이 넘치는 가정의 달

로빈슨 크루소가 아니었대도 인간은 자의字義에서 보는 것처럼 사람과 사람 사이에서 살아가는 사회적 동물이다. 부부·부자·형제·친구·직장 동료 등등 수많은 인간관계가 씨와 날로써 사회가 되고 국가를 이루었다.

유교의 철학은 인간이 살아가는 데 필요한 현세적 질서체계를 삼강과 오륜으로 묶어 경계하였다. 사람이 가족을 이루고 사회를 형성하는 데 꼭 필요한 것은 인간과 인간을 묶어 맺어주는 벼리[綱]가 있어야 한다고 가르쳐 왔다. 그 벼리가 끊어지고 없어지면 사회질서는 파괴되고 혼란에 빠져버리기 때문이다.

오늘날 산업이 고도화되면서 물질지상주의의 세상이 되다 보니 인간의 존엄성마저 헌신짝처럼 내팽개쳐진 지 오래다. 신문을 펼치기가 두려울 정도로 끔찍한 사건들이 연일 우리를 경악게 한다. 얼마 전, 스승의 날이 며칠 지나지도 않았는데, 자식 같은 제자에게 폭행을 당했다는 한심한 사건도 있었다. 우리는 T. S. 엘리엇이 예언했던 "저 대낮에도 망령이 통행인의 소매를 이끄는 도시"에서 경악하며 살아가고 있다.

얼마 되지도 않은 보험금을 타내기 위해 병상에 누워 있는 남편을 독살해 놓고도, 죽은 남편과 합의하에 이루어진 일이라고 역설하던 인면수심의 여심이 우리를 얼마나 실소케 하였던가. 살인극을 연출하기 위해 울면서 그것만은 안 된다고 울부짖는, 열 살 난 자식까지 살인극에 끌어들였다는 사실이 우리를 더욱 서글프게 한다. 마치 우리로 하여금 한 편의 희랍 비극이나 셰익스피어 비극을 연상케 하고도 남는다.

세기의 악녀 아그리피나도 포악한 아들을 황제로 만들고 싶은 욕망에 사로잡혀 숙부이자 남편인 클라우디우스를 독살했다. 하지만 그런 사악한 아그리피나는 자신의 아들만은 이 살인극에 동참시키지 않았다. 그러나 금세기 우리나라에 있었던 희대의 이 살인극은 우리나라가 동방예의지국이라는 실오라기만 한 긍지도 여지없이 말살해 버렸다.

연일, 신문의 제1면에는 대문짝만 한 활자로 대도大盜인지 의적義賊인지 알 수 없는 도적의 행적이 보도되면서, 보도 듣지도 못한 '물방울 다이어' 라는 새 이름을 우리들에게 가르쳐 주기도 했다. 도대체 어떤 나라에서 얼마의 달러를 지불하고 어떻게 사들여왔는지 알 수 없는 노릇이지만, 그런 물건을 소유해야만 진정 행복한 것인지 알 길이 없다.

아내의 소유욕을 충족시키려는 남편의 애정도 애처롭도록 가상하다. 하지만 물질은 우리가 살아가는 동안 잠시 빌려다 쓰고 가는 거라고 우리의 2세들에게 이런 가치를 심어줄 수는 없을까? 물욕物慾이 없는 게 바로 극락이라던 어떤 스님의 말씀이 생각난다.

행복은 마음 깊숙이 물결쳐 오는 내면적인 게 아니고, 오로지 물질의 풍요에서 오는 외형적인 것이 되어 버린 지 이미 오래다. 사랑도 재산이나 학벌, 또는 지참금으로 곧잘 사고파는 세상이다. 진실로 부부의 짜릿한 행복은 엄청난 고통과 시련 뒤에 오는 고귀한 것이다. 마치 폭풍우를 겪고 난 다음, 유능한 선장이 탄생되는 것과도 같다.

그러나 오늘날은 물질의 풍요 속에 모든 게 인스턴트화 되다 보니 제 나름의 개성을 찾아보기 어렵다. 거리에서 만나는 사람들 모두 어디에서 한 번쯤 만나본 사람들 같다. 모두들 편리한 세상에 살다 보니 역경이나 고통을 이기고 감내하는 힘도 찾을 수 없다. 연약한 갈대처럼 바람 부는 대로 나부끼고 흔들리는 가련한 군상들이다. 이 땅의 진실한 아내상이나 효자상이 사라진 지도 오래다.

'아내들이여, 자기 남편에게 복종하기를 주께 하듯 하라.

이는 남편이 아내의 머리됨이 그리스도께서 교회의 머리됨과 같음이니 그가 친히 몸의 구주시니라. 남편들아, 아내 사랑하기를 그리스도께서 교회를 사랑하시고 위하여 자신을 주심같이 하라……. 자녀들아, 너희 부모를 주 안에서 순종하라. 이것이 옳으니라. 네 아버지와 어머니를 공경하라. 또 아비들아, 너희 자녀를 노엽게 하지 말고 오직 주의 교양과 훈계로 양육하라'

라고 '에베소서'는 우리에게 일깨우고 있다. 아내는 남편에게 순종하고 남편은 아내를 진실로 사랑해야 할 것이며, 자녀들은 부모께 순종하고 공경해야 할 것을 경계하고 있다. 또한 아버지는 자녀를 노엽게 하지 말고 훈계로 양육해야 할 것을 강조하였다.

그러나 이러한 기독교사상이 근간이 된 서구문물도 물질 위주의 사조에 밀려 빛을 잃어가고 있다. 얼마 전 부산시내 미혼여성을 대상으로 결혼에 관한 의식구조를 앙케트를 통해 조사했던 결과가 보도되었다. 새삼 놀랄 일도 아니지만, 시부모나 시가족 모시기를 반대한 여성이 75%가 넘었는데 특히 지적 수준이 높은 여성일수록 그 빈도가 높았다고 한다.

나라의 흥망성쇠는 남자에게 있는 게 아니고, 여성에게 있는 법이다. 훌륭한 가정을 이루어서 자녀를 잘 낳아 기르고 가르치며 남편을 잘 섬기는 전통적인 것도 여성의 몫이다. 어머니에 의해 자식이 길러지고, 아내 따라 남편이 만들어진다면 지나친 말이라고 하는 사람들이 있을지 모른다.

하지만 한석봉과 이율곡의 어머니가 그렇고, 안중근의 어머니 조마리아 여사를 보아도 그렇다. 사형선고 받은 안 의사가 면회를 온 어머니에게 상고를 하겠다고 하자, 왜놈들이 어떤 놈들인데 상고를 하느냐고 나무랐다던 모정에서 우리는 진정한 한국의 어머니를 대할 수가 있다. 더구나 민족과 나라를 위해 그렇게 훌륭한 거사를 했으니, 사내답게 죽는 게 낫지 않겠느냐는 어머니 조마리아 여사의 가르침에 숙연해진다. 이러한 어머니들에 의해 그토록 훌륭한 아들이 길러지고 그들에 의해 우리나라가 누천 년 끈질기게 이어오고 지켜졌다면 지나친 억측일까?

성경의 말씀대로 살아야 한다고 입으로만 말해 놓고 행동으로 옮기지 않은 사람들이 얼마나 많은가? 또 지식 수준이 꽤 높은 사람들일수록 극단의 이기주의에 매몰되어 지탄받는 지도층 인사들이 얼마나 많은가. 입으로만 정의며, 정도를 외치느니보다 몸소 행동으로 말하는 사람이 많은 오월이 되고, 인정이 넘치는 가정의 달이 되었으면 싶다. 어른은 어른답게 아이의 모범이 되고, 아이는 아이답게 어른에게 사랑받는 아름다운 사회가 되었으면 좋겠다는 말이다.

(1983년)

3부

세상이 그대를 속이더라도

가을날 흩어지는 낙엽처럼

봄이 또 다른 모습으로 오고 있다. 유난히도 올봄은 꽃샘추위가 극성을 부린 탓에 남녘으로부터 피어오르는 벚꽃의 개화기가 열흘 이상 늦을 거란다. 봄, 여름, 가을, 겨울의 사계가 완연한 우리나라는 분명 신의 축복이 내린 나라임엔 틀림이 없다.

온 천지를 눈과 얼음으로 덮고 맹위를 떨치던 지난겨울도 하는 수 없이 이젠 저만큼 물러가고 있다. 얼어붙었던 대지가 어느새 부드러운 탄력을 드러내고 겨우내 웅크렸던 새싹들을 지표면 위에 밀어올려 태양을 영접하는 지상의 잔치는 태곳적부터 진행되어 온 신의 섭리이자 자연의 이법理法이다.

양지바른 옆집 담 밑에선 개나리가 샛노란 꽃망울을 터뜨리며 봄의 전령사 노릇을 톡톡히 수행하고 있다. 몇 해 전 회문산에서 옮겨

다 심은 곰취가 불어나 그 좁은 화단을 다 차지하고, 돌틈 사이에 끼어 있던 돌나물도 진초록의 세勢를 왕성하게 불리고 있다. 봄은 정녕 우리 발끝까지 와서 인간들을 노크하고 있는 것이다.

그런데 우리 인생에선 자연의 순행 같은 그런 봄은 왜 오지 않는 걸까? 그 찬란한 봄을 느끼지도 만끽하지도 못한 채 벌써 지천명의 고개를 쉬이 넘어버렸고, 그런 봄과는 무관한 것인 양 흘러만 가고 있으니 마음이 너무도 허랑키만 하다.

금년 봄엔 유난히 부음이 많았다. 계절이 바뀌면 인생의 리듬도 엄청난 변화가 이는가 보다. 원근 각처에서 죽음의 비보悲報가 줄을 이었다. 그 중에서도 내 절친한 친구 아내의 돌연적인 입원과 사망은 나에겐 감당할 수 없는 놀라운 충격이었다.

감기처럼 시름시름 앓아 대수로운 게 아닐 거라는 생각에서 잘 다니는 동네 내과 전문의에게 치료를 받았더란다. 그러던 어느 날, 갑자기 종합병원에 가서 진찰을 받아 보라는 권유를 받고 병원을 찾았는데 결과는 아주 비관적이었다는 것이다. 곧바로 수술을 했으나 이미 손을 쓸 수 없을 만큼 온몸에 암이 번져 그만 봉합을 서두를 수밖에 없었단다.

내가 그런 급보를 받고 병원에 달려갔을 때는 그는 이미 의식을 잃은 뒤였고, 형언할 수 없는 통증에 몸을 뒤틀고 있었다. 수시로 간호사들이 드나들면서 진통주사를 하는 것 같지만, 괴로워하는 그 모습을 차마 눈뜨고 바라볼 수가 없었다.

다시금 인생이 무엇이며 어디서 와서 무엇을 하다가 어디로 가는 것인가라는 근원적인 미궁 속을 헤매다 되돌아왔다. 그래서 공자는 제자들과 강가에서 강물을 보며 저 물은 오늘도 흘러 어디로 가는가라는 천상탄川上歎을 했나 보다. 불가에서는 이런 우리 인생을 일러 일편부운一片浮雲이라 하지 않았던가. 한 조각 구름으로 일어났다가 어느 찰나에 흔적도 없이 사라지고 마는 그런 뜬구름이라고 말이다.

그런 사나흘 후, 결국 죽음의 비보가 들려왔다. 장지에 가는 장례버스에 오르고서도 옆자리에 앉아 있는 친구와 함께 삶과 죽음, 존재와 부재에 대해서 이야기를 나눴다. 그리고 우리 둘은 인생의 본질적 회의懷疑에 깊이 빠져들었다. 오랜만에 봄비가 내린 탓인지 길옆 도랑에서는 물이 넘쳐흐르고 건너편 산골짝에는 제법 우렁찬 계곡물이 봄을 웅변이나 하는 것처럼 콸콸 흘러내리고 있었다.

봄물이 불어 모든 연못에 물이 가득하여 건널 수 없냐던 북헌北軒 김춘택金春澤의 시구가 뇌리를 스친다. 봄은 또다시 연년마다 같은 모습을 하고 찾아오건만 가버린 우리 인생의 봄은 다시 올 줄 모르나니 우리 인생만큼 덧없는 게 또 어디 있으랴.

이런저런 생각 끝에 장지에 도착해 보니 이미 자연으로 돌아갈 흙구덩이가 마련되어 있었다. 혈穴이라던 이 구덩이. 누구나 한 번쯤 돌아가 영원히 쉴 자리. 세상에 그 어떤 절대자도 피할 수 없이 가야 할 그 자리라는 생각에 이르자, 인간만큼 무력하고 불쌍한 존재가 없을 것만 같다. 사과상자 스물한 개에 현금 61억을 묶어 보관한들 무슨 소용이 있으랴! 어린아이 소꿉놀이 같은 전직 대통령들의 치기痴氣어린 망동에 쓴웃음이 인다.

갑자기 선승禪僧 월명사가 누이동생을 잃고 재를 지내면서 영탄했던 「제망매가祭亡妹歌」의 시구가 뇌리를 스친다.

삶과 죽음의 길은
여기 있으매 두려워하고
나는 간다는 말도
못다 이르고 가는 것인가.

어느 가을날 부는 바람에
여기저기에 흩어질 잎들마냥
같은 가지에 나고서도
가는 곳을 왜 모르는가

아! 극락에 가서나 만나볼 나
도 닦아 기다리겠노라.

　선사인 월명사 역시 이 죽음의 실체에 대해서 깊은 회의와 좌절의 늪에서 고뇌하는 모습이 역력하게 남아 있는 향가다. 같은 부모 아래 오누이로 태어났지만, 가을날 흩어지는 낙엽처럼 날아가버린 누이의 죽음 앞에서 인생을 관조觀照했던 그런 영탄詠嘆이다.
　그렇다. 이 엄연한 자연의 이법과 순리를 우매한 우리 인간들이 어찌 다 알 수 있을까. 해마다 오는 봄이건만 가슴에 와 닿는 봄의 빛깔이 연년마다 다른 것도 모르는 우리 인간들이 말이다.

(1996)

목멘 소리

그날은 가랑비가 부슬부슬 내리고 있었다. 경칩을 넘겼건만, 온몸에 냉기가 음습하여 을씨년스럽기 그지없었다. 멀리 피어오른 안개가 동양화 병풍처럼 펼쳐져 있었다. 그 아래로는 그림 같은 호수가 길게 누워 있다.

이곳은 대청호반의 상류 충청북도 회남 땅이다. 70여 년 전에 종조부께서 누대를 살아오신 경상남도 안의 땅을 버리고 떠돌다 정착한 곳이다. 그땐 고향땅 안의마냥 산수가 아름다운 산촌이었지만, 지금은 대청호 댐이 막아지면서 원래의 회남 땅은 수몰돼 버리고 단양처럼 산 위에 새로 조성한 마을이다.

내가 찾아간 그날은 재종형이 그 고향 땅에 묻히던 날이었다. 불행히도 고인은 군부에 의해 공무원 숙정 대열에 끼여 억울하게 공직

을 박탈당하였다. 십여 년 이상이나 그 울분을 삭이지 못하고 한스
런 질곡의 삶을 살아왔다. 이런 피멍든 삶 속에 가슴앓이를 하다가
급기야 술중독에 빠졌고, 주사酒肆까지 부리다 보니 주위의 눈길마
저 곱지 않았다.

사람은 누구든 본디 자기중심적 사고에서 벗어나질 못한다. 말이
야 역지사지한다고들 말하면서도 정작 남의 일쯤이야 일상적인 것
이거나 피상적인 일로 보아 넘기기가 일쑤이다. 숙정이랍시고 하루
아침에 일터를 잃은 것도 그렇고, 당신이 체험했던 쓰라린 고통도
이를 겪어보지 않은 사람은 알 리가 없다. 그러던 재종형도 세상이
많이 달라져서 2년 전에는 복직을 하였다. 하지만 그분은 애를 채
삭이지도 못하고 피맺힌 한을 풀지도 못한 채 한 많은 이 세상을 떠
나고야 말았다.

난생처음 영안실에 들어가 마치 도서관에서 열람카드를 뽑듯이 그
렇게 관을 꺼내어서 손수 영구차에 시신을 옮겨 실었다. 한 시간 남짓
빗길을 달려서 회남 땅에 닿았다. 장지에 도착해 보니 포클레인이 굉
음을 내며 하관할 땅을 파고 있었다. 차가운 봄비가 옷깃을 파고들어
한기가 엄습해 왔다. 마음과 몸이 한꺼번에 오그라붙는다.

하관을 했다. 관을 열고 시신을 땅에 누이고 나니 상주인 재종 조카
가 옷깃에 흙을 받아 망자 위에 듬성듬성 뿌렸다. 자연으로부터 왔다
가 다시 자연으로 돌아가는 엄숙한 순간이다. 이승과 저승의 갈림길
이다. 여기저기서 들려오는 유족들의 흐느끼는 소리가 가슴을 후빈
다. 빗물인지 눈물인지도 모를 뜨거운 액체가 볼을 타고 흘러내린다.

옛날 같으면 사람의 손으로 일일이 삽질을 하여 산일을 했지만,

오늘의 시골엔 일손이 모자라 포클레인이 사람의 손을 대신한다. 우리 부숴낸 널빤지와 관을 포장했던 것들을 도로 가에 쌓아놓고 불을 질렀다. 포르스름한 연기가 하늘로 치솟아 올랐다.

36년 전 부친상을 당했던 내 어린 시절의 모습이 연기 속에 아른거렸다. 초등학교 6학년이었던 내가 상복을 입고 죽장을 짚으며 상여를 따라가는 모습이 얼마나 처연했으면 동네 사람들까지도 눈물을 훔치면서 울었을까 싶다. 아직 나이 어린 나로서는 그때 동네 사람들이 왜 그렇게 슬퍼했는지를 알 턱이 없었지만, 차차 철이 들면서부터 그러한 의미를 깨달을 수가 있었다.

묘소 일을 거의 마칠 무렵에야 봄비가 그치고 하늘이 열렸다. 마지막으로 묘사墓祀를 마칠 즈음, 어디선가 까마귀의 울음소리가 들려왔다. 머리를 들어 보니 까마귀 한 쌍이 묘소 뒷산을 몇 바퀴 선회하다가 앞산 소나무 위로 날아가 앉았다. 재종 조카들이 겁먹은 눈망울을 굴리면서 괴이한 일이 아니냐고 내게 물어왔다.

"작은아버지!(우리 집안은 칠촌 간이지만 그렇게 불러왔다.)

저건 좋은 징줍니까? 나쁜 징줍니까?"

"글쎄다. 미물인 까마귀도 네 아버지의 죽음을 슬퍼하는가 보다."

라고, 일상적인 대답으로 어물거렸지만, 용케도 주검을 알아채는 까마귀의 초인적인 직관력에 스스로 놀랐다. 관례적 습성 때문인지 까마귀의 울음소리는 지금도 내 가슴 언저리에 기분 나쁜 기억으로 남아 있다.

이제 장례를 마쳤으니 산 사람은 다들 제 갈 길로 돌아서야 할 시각이다. 바로 이것이 삶과 죽음의 엄연한 경계라는 생각이 가슴팍에 밀려든다. 아들을 잃고 참담한 슬픔 속에 싸여 있을 당숙부모를 위로

하기 위해 마을로 내려갔다. 슬픔을 참고 가슴으로 울고 있는 당숙부
와 "내가 먼저 가질 못하고 이게 무슨 꼴이냐."라며 오열하는 당숙모
를 보고도 멍청스레 그저 앉아 있을 수밖에 다른 도리가 없었다.

예로부터 부모의 죽음은 하늘이 무너지는 슬픔(天崩之痛)이라 했다.
그러나 부모보다 먼저 사라지는 자식이야말로 어떤 수사修辭로도 표
현할 수 없는 지상 최대의 비극이다. 그래서 우리 선대들은 부모가
죽으면 땅에 묻고, 자식이 죽으면 앞섶에 묻는다고 했나 보다.

정말이지 바람이 불면 금방이라도 날아갈 것처럼 쇠약한 당숙모
의 쉴 새 없는 흐느낌을 멈추게 할 아무런 방도가 나에겐 없었다.
그야말로 속수무책이었다. 그저 너무 슬퍼하시면 안 된다는 일상적
인 위로가 몹시도 무력하다는 생각만 들었다. 이미 고인이 되어버린
재종형은 천하에 둘도 없는 불효자다. 옆에서 울지 말라고 나무라듯
한 당숙부의 목멘 소리가 오히려 더 가슴을 친다. 손바닥만 한 온기
잃은 싸늘한 방이 더 을씨년스럽다.

이분들을 뒤로하고 봄비 내리는 귀향길을 재촉하면서 애써 재종
형의 죽음을 생각했다. 도대체 삶이 무엇이고 죽음이란 무엇인가.
「페이터의 산문」처럼 죽음의 심연深淵은 바로 우리 곁에 자리하고
있는 걸까? 그리하여 우리 인간들은 자신도 모르는 사이에 그 죽음
의 심연에 빠져서 허우적거리는 게 아닐까?

차창 밖에 재종형의 싸늘한 미소가 떠오른다. 그리고 삶과 죽음이
도대체 뭐냐고 몇 번이나 자문해 본다. 과연 산다는 것과 죽는다는
것은 무엇을 두고 하는 말인가라고.

(1994년)

킬링필드

킬링필드! 인간 살육의 벌판, 캄보디아. 사방을 둘러보아도 정말 산 하나 보이지 않는 허허벌판이다. 잔혹한 학살자들에게 사랑하는 어린아이를 빼앗기고 처참하게 죽어가는 모습을 보고도 소리내어 울지도 못하는 공포에 질린 얼굴, 빗물처럼 소리 없이 흘러내리던 어머니의 눈물, 그저 바라볼 수밖에 없는 망연자실한 모습들……. 지금도 캄보디아에 가면 킬링필드 어디서나 퇴색된 채로 흔하게 볼 수 있는 흑백사진들이다.

킬링필드는 20세기 인간의 잔혹성을 극명하게 보여준 캄보디아 인간 집단참살 현장들을 두루 일컫는 말이다. 어느 한 지역을 일컫는 이름이 아니란다. 1960년대 말 베트남 전쟁 때 미군의 폭격으로 80만 명이나 억울하게 희생당한 것도 모자라서, 1975년 크메르루주가 정권을 잡은 후, 광적인 사회주의를 실현한다는 명분하에 100만 명이 넘는 식자識者들을 닥치는 대로 살육을 자행했다. 실제 역사 이래로 전쟁보다 오히려 이런 내란으로 인한 인명 손실이 훨씬 많았다고 하니, 인간처럼 잔인한 존재가 어디 있을까 싶다.

이래저래 캄보디아는 한 번 찾아보고 싶은 궁금한 나라였다. 「한국지역대학연합회의」를 프놈펜에서 열기로 되어 있고, 마침 우리 대학이 주관대학이어서 캄보디아에 가볼 수 있는 기회가 주어졌다. 대학을 운영할 인재들이 사라진 캄보디아를 위해 우리 대학에서 캄보디아 국립기술대학의 설립과 운영에 직접적으로 관여해 온 것도 그 이유 중 하나였다.

사실 캄보디아는 킬링필드라는 불명예스러운 치욕의 역사보다 오히려 그 옛날 인도차이나 반도를 주름잡던 화려한 앙코르왕국의 천년 유적으로 유명한 나라다. 오늘날 이라크가 그런 것처럼 힌두교와 불교문화의 종교적 충돌이 이뤄낸 앙코르와트와 앙코르톰의 유적으로 더 이름 높던 곳이다. 프놈펜에서 비행기로 한 시간 거리에 있는 씨엔립에는 100여 개가 넘는 사원, 5,000여 개에 이르는 석상과 정교한 조각들로 이뤄낸 거대한 앙코르유적이 찬란했던 앙코르제국의 천 년 역사문화를 잘 재현해 주고 있었다.

그동안 크메르족들에게는 이러한 실재적인 역사문화가 전설처럼 구전되어 왔다고 한다. 그런데 프랑스 탐험가 앙리무어가 1861년, 천 년 이상 버려진 거대한 도시 앙코르톰과 도시사원 앙코르와트를 밀림 속에서 발견해냄으로써 다시 세상에 드러난 것이라 했다. 이곳에 들어서면 하늘을 찌를 만큼 넘치는 인간의 힘과 지혜에 놀라기도

하지만, 동시에 인간의 힘이라는 게 자연의 힘에 비해 얼마나 무력
하고 허무한 것인가를 깨닫게 한다. 그 웅장한 석조물들이 스퐁나무
나 스팔라우나무와 같은 보잘것없는 열대식물들에 의해 무자비하게
찔리고 잘려져서 폐허의 늪에서 허우적거리고 있는 참상을 볼 수 있
기 때문이다.

기껏 인간의 힘으로 그나마 이들을 보존하는 유일한 방법이 나무
들의 생장을 멈추게 하는 생장억제주사뿐이라니 한없는 무력감에
빠지게 한다. 정말 인간이 인간에 의해 살육당하는 것 못지않게, 그
거대한 석조물들이 나무로 하여 베이고 잘리어서 형편없이 허물어
져가고 있는 모습을 보는 그 참담함이라니……. 참으로 캄보디아는
하나님으로부터 버림받은 잔인한 땅이요, 숙명적인 '킬링필드'라는

생각이 내내 떠나질 않았다.

이곳을 찾는 관광객은 지난 2004년 100만 명을 넘어선 이래, 매년 20% 이상 증가하고 있다고 했다. 우리나라 관광객도 2005년 30만 명이던 게 작년엔 60만 명을 넘어 이곳 관광객으로 세계 1위가 되었다고 한다. 아마 이러한 양면적인 참상을 보려고 세계관광객들이 캄보디아로 몰려들고 있나 보다. 그 중 이 나라에 가면 보고 싶어도 보지 않는 게 좋은 곳이 킬링필드라 했다. 그러면서도 현지 가이드들은 말로는 이곳에 가지 말라고 하면서도 으레 규모가 작은 해골탑으로 사람들을 안내한다.

이 탑은 원혼이 떠도는 땅, 킬링필드에서 발굴한 사지四肢의 뼈와 해골들을 겹겹이 쌓아 유리창으로 보이게 만들었다. 해골머리 위에는 그들이 생전에 입었던 허름한 옷가지들이 덮여 있다. 바로 옆 게시판엔 죽음을 눈앞에 둔, 두려움에 차서 숨죽이고 있는 희생자들을 크메르루주가 카메라에 담았다는 빛 바랜 흑백사진들이 관광객들을 기다리고 있었다.

킬링필드의 잔혹한 현장을 좀더 자세히 보려면 80여 미터 높이의 위령탑이 있는 프놈펜 근교의 쯔잉아익으로 가야 한단다. 이곳은 프놈펜 근처 사람들과 뚜엥슬렝 교도소에 갇힌 자들을 고문한 끝에 잔인하게 살육하고 집단매장을 했던 9,000여 구의 주검이 묻혀 있다. 주변에는 참살 당시 수많은 희생자들을 한꺼번에 몰아넣고 사살했다는 커다란 웅덩이를 그대로 보존해 놓았다. 심지어 총알을 아끼기 위해 어린아이들은 두 다리를 잡고 기둥에 머리를 쳐서 죽이고, 몽둥이로 때려죽였다고 하니, 인간의 잔혹성의 끝은 어디까진지……

뚜엥슬렝 박물관은 본디 고등학교였다지만, 1975년 폴포트의 요원에 의해 접수되어 비밀감옥으로 사용되었다고 한다. 이곳에 잡혀 온 사람들이 1만 명을 훨씬 넘었다고 하나, 살아서 나간 사람은 겨우 6명에 불과했다니, 폴포트의 악명을 짐작하고도 남는다. 폴포트는 원래 프랑스에서 역사를 공부하고 귀국한 후, 평범한 고등학교 역사 교사였다고 한다. 그런 그가 크메르루주와 함께 그토록 잔혹의 극치를 달린 까닭은 무엇이었을까? 아이러니하게도 그 이유를 그가 전공한 역사학에서 찾는다면 어쭙잖은 일이 될지도 모른다.

여하튼 글을 아는 사람이나 유식한 사람들은 사회주의를 실현하는 데 걸림돌이 되기 때문에 우리나라 인공人共 때처럼 인간감별법을 써서 모조리 죽였다고 한다. 오른손 장지長指에 굳은살이 박였거나, 손이나 얼굴이 희고 고운 사람들을 골라 무차별 학살을 하였다. 하니 우리 조선조 당쟁사가 말해주듯 훗날 닥칠지도 모를 후환을 없애기 위해서는 3족을 멸해야 한다는 그런 생각에서 비롯된 것은 아닐지.

문득 앙코르와트 사방 회랑 벽면에 양각된 부조의 조각그림이 생생하게 떠오른다. 12세기 중엽 앙코르와트를 건설한 수리야바르만 2세의 군대행진과 용전의 광경들이 서쪽 회랑 벽에, 37개의 아름다운 천상의 나라와 32개 연옥煉獄의 참담한 모습들이 남쪽 회랑 벽에 새겨져 있다.

역사의 순환은 엄연한 진리인가 보다. 마치 900여 년 후에 캄보디아에서 참혹한 살육이 자행될 것이라 예언이라도 했단 말인가. 정말 몽둥이로 쳐 죽이고, 사지가 찢기고, 칼로 찔리고……, 차마 눈 뜨고 볼 수 없는 그 연옥의 참상들이 기막히게도 1975년 처절하게 죽어간 캄보디아 도륙현장에서 오버랩되어 똑같이 되살아나고 있었다. 설령 역사순환론적인 관점이 아니라 해도 참으로 인간사는 불가사의하다는 생각을 내내 지울 수가 없었다.

(2008년)

세상이 그대를 속이더라도

한 서른 해쯤 되었을까? 내가 고등학교 2학년, 꿈 많던 십대 적의 일이다. 가끔 그때를 회상할 때면 내 스스로 부끄러움을 주체할 길 없어 얼굴을 붉힐 때가 많다. 지금은 의식주가 그다지 어려운 세상은 아니지만, 그 시절은 입고 자고 먹는 일이 왜 그처럼 어려웠는지 모른다.

하기야 『숙종실록』을 보면 남대문 앞에 죽소粥所를 설치해서 굶주리는 백성을 구휼하기도 했는데 너무나 굶주림에 지친 사람들이 그곳에 채 이르기도 전에 죽어간 그 시체들로 언덕을 이루었다고 기록되고 있다. 하니 그 시절을 어찌 이에 비할 수가 있으랴 싶다. 내가 초등학교에 다니던 시절에는 사업을 하는 아버지 덕분에 그래도 남부럽지 않게 보낼 수 있었다. 아버지는 중학은 도시 명문학교에 가야 한다고 담임선생께 부탁하여 과외공부를 시켰다.

그러나 그해 여름이었던가. 갑자기 아버지가 급성간염에 걸려 앓아 누우셨고, 어머니는 백방으로 처방을 찾아 정성을 다했지만 아무런 효험이 없었다. 하는 수 없이 전주로 나가 도립병원에 입원을 하고 치료를 받았다. 하지만 역시 어쩔 도리가 없었다. 집으로 돌아올 수밖에. 오는 도중에 ㅂ중학교 뒤 성황당 마루에 앉아 "자식만은 이 학교에 보내려고 했는데……."라고 혼자 울먹였다는 이야길 어머니로부터 전해들은 지도 오래되었다.

퇴원한 후에도 측백나무 열매가 효험이 있다고 하여 누나와 난 학교가 파하면 면사무소와 우체국, 초등학교 울타리를 찾아다니며 그 열매를 땄다. 그런 우리들의 정성도 아무런 소용이 없이 아버님의 병환은 더 중해지기만 했다. 하늘이 감동하면 맹종孟宗처럼 한겨울에도 죽순이 돋아나고, 왕상王祥처럼 얼음 속에서 잉어가 뛰쳐나와 부모를 살릴 수 있었다는 할아버지의 말씀도 모두 거짓말이었다는 생각이 들었다.

이런 가족들의 정성에도 불구하고 그해 겨울 한 길이 넘게 함박눈이 내렸던 크리스마스날 밤, 아버지는 기어이 이 세상을 떠나고야 말았다. 임종 직전 평소 우리 집안과 사이가 나빴던 같은 동네 어른이 사죄를 청하러 왔다. 그래도 고개를 가로저으며 끝내 대문 안에 발을 들여놓지 못하게 했을 정도로 아버지는 강직한 성품을 지니셨다. 어린 네 자매를 남겨두고 저 세상으로 떠나시기가 몹시도 괴로우셨던지, 말문을 닫고 숨을 거두시기 전까지도 누나와 내 손목을 꼭 쥐고 놓지 않으셨다.

그 뒤로 우리 집안은 거짓말처럼 하루아침에 망해버렸다. 동네 아이들이 부자라고 놀려대고 부러워했던 우리 집안이 정말 산산조각이 나버렸다. 어머니는 남은 전답과 집마저 팔아버리고 누나와 날 외가에 맡겨둔 채, 돈을 벌어야 할 게 아니냐면서 서울로 올라가 버렸다. 그렇게 다정하고 좋으셨던 외할머니는 내가 일하지 않고 공부만 한다고 마귀할멈처럼 욕설을 퍼부었다.

어른이 된 지금도 이해할 수 없는 외할머니의 이 괴벽성이 원망스럽고 얄미울 때가 많다. 으레 그런 얘기만 나오면 어머니는 민망스러웠던지 내심 불편한 심기가 잔잔한 얼굴에 그림자처럼 드리워진다. 그럴 때마다 다시는 이런 말들을 입에 담지 않는다고 하면서도 지난날을 생각할 때면 그 옛날 외할머니의 괴팍스런 역정이 용수철처럼 튀어나와 마음이 일렁인다.

고교를 진학하면서부터 ㅈ시에 사시는 작은외삼촌 댁에 기거하게 되었지만, 역시 외롭고 서글프기는 매한가지였다. 외숙모 동생이 둘씩이나 동거하고 있는 형편이어서 연상 연하의 이 두 사돈지간이 여간 불편스런 존재가 아니었다. 그들은 대학과 고교를 다니고 있는 터였지만 아주 유복한 환경에서 자랐기 때문에 나와는 모든 게 거리감이 있어 보였다.

내가 다니던 학교는 도심에 자리하고 있으면서도 등하교 길에 향긋한 산 내음을 맡을 수 있는 배산임수의 내로라하는 명당 자리다. 그 옛날 선비들이 학문을 하여 현달顯達한 사람들이 많았다던 희현당希顯堂 옛 서원터였다. 지금도 그곳이 이 지방 인재들을 무수히 길러냈던 서원이었다는 유허비가 그 옛날을 묵묵히 웅변으로 말해주고 있다. 이 학교는 남녀가 같은 교문을 사용하기 때문에 남녀공학처럼 보이기 일쑤여서 사정을 모르는 사람들은 그렇게 남녀가 함께 공부하느냐고 묻는 사람이 많았다.

교문을 들어서면 구부러진 길 양편에는 짙푸른 전나무가 열병을 하듯 늘어서 있는데 그 길을 남녀가 제각각 삼삼오오 짝지어 걸어가는 모습은 참으로 평화스러워 보였다. 한참을 이 길을 따라 올라가면 서양식 빨간 벽돌집 교사 양편에 커다란 은행나무가 샛노란 은행잎을 눈처럼 떨구면서 장승처럼 버티어 서 있었다. 강당 오른편은 산과 맞닿아 있어서 가을이면 굴참나무, 떡갈나무 같은 활엽수들이 단풍이 들었고, 운동장엔 고추잠자리가 떼지어 날아다니는 참 아름다운 산골학교 같았다.

릴케의 시구처럼 태양은 풍성한 자연의 수확을 가져다주건만, 그 시절 내 마음은 어쩌면 그다지도 가난하고 황량했는지 모른다. 다달이 내야 하는 월사금조차 마련하기 어려웠고, 외삼촌 댁의 기식寄食도 진저리가 날 정도로 싫었다. 시시각각으로 밀려드는 정신적인 황량함은 이렇게 구차하게 살아야 하는 자신이 얄미웠고, 무능했던 어머니가 원망스러웠다.

세상이 싫었다. 죽음이란 무섭고 두려웠지만 죽고 싶었다. 가슴 한쪽 모서리에선 한번 살아볼 만한 것이 아니냐고 가느다란 소리가 들려오기도 했다. 하지만 현실은 너무도 냉혹했고 그러한 현실을 헤쳐나갈 힘이 나에겐 없을 거라는 나약한 마음이 나를 뒤흔들었다. 공부하기도 싫고, 옆자리의 친구도 귀찮아졌다. 수업시간에도 선생님의 말소리는 귓가를 맴돌다가 지나가 버렸다. 창 밖의 파란 하늘가가 너무도 평화스럽고 포근하게만 느껴져 자꾸 하늘 가로만 눈길이 머물렀다.

그해 시월이었던가. 중간고사를 치렀다. 그때 학교에선 월사금을 못 낸 학생들은 시험을 치러도 성적을 매길 수 없다고 을러댔다. 그래서 지금도 나는 고등학교 학적부에 기록된 성적에 대해 상당한 의문을 지니고 있다. 그리고 그 월사금 때문에 성적이 나쁠 것이라고 생각하면서 성적표를 떼어보기가 두렵다. 그때 난 얼마나 고민을 많이 했던지 퇴근하는 선생님을 붙들고 언제까지 월사금을 낼 수 있다고 통사정하면서 성적을 처리해 달라고 부탁하기도 하였다.

이럴 바에야 차라리 세상을 그만두는 편이 훨씬 나을 거라는 생각이 자꾸 나를 뒤흔들었다. 죽음이 두렵다는 생각보다 오히려 그 편이 훨씬 더 편할 거라는 마음이 나를 사로잡았다. 결국 죽음의 길을 선택할 수밖에 없다는 나름대로의 생각을 내세워 스스로를 위로하였다.

하교를 하자마자, 시내 약국을 돌아다니며 수면제를 사 모았다. 아무리 거짓말을 해보아도 네댓 알밖에 살 수 없었으므로 십여 군데를 돌아다녀야 했다. 얼마쯤 되어야 치사량이 되는지도 모르면서 가게에 들러 소주 한 병을 샀다. 그리고 이런 것들을 주섬주섬 신문꾸러미에 싸들고 학교 뒷산에 올랐다. 거긴 한없이 힘겹고 서러울 때마다 찾았던 나만의 공간이었다. 여기저기 떨어진 떡갈나무 잎사귀가 바스락거렸고, 가을 햇살이 따스하게 내리쬐고 있었다. 그곳에 털썩 주저앉아 어머니에게 편지를 썼다.

어머님!

전 세상이 싫습니다. 삼천 마디가 저미고 아린 진통을 참으시고 낳고 길러주신 은혜도 모른 채 천륜의 끈을 끊어버리려는 세상에 둘도 없는 불효잡니다. 불쌍하신 우리 엄마.

제가 없더라도 슬퍼하지 말아주십시오…….

웬일인지 더 이상 무슨 말이 떠오르질 않았다. 이내 눈물이 폭포처럼 쏟아져 써 내려간 글씨들이 뿌우연 안개 속에 파묻혀 버렸다. 아무리 입술을 깨물어도 복받치는 설움을 참을 수 없어 마침내 엉엉 소리내어 울었다. 생전 마셔 보지도 못한 소주를 꿀꺽꿀꺽 들이마셨다. 정신이 몽롱했다. 그렇지만 수면제 몇 알도 결코 입 안에 넣지 못했다. 정말 거짓말처럼 어머니의 모습이 생생하게 내 앞에 나타났기 때문이었다.

"얘야, 고생하는 사람이 어디 너뿐이냐? 그까짓 것도 참지 못하고 무슨 일을 하겠느냐?" 너무도 엄숙하고 침통한 모습이었다. 갑자기 마음이 일렁거렸다. 내가 죽는다면 불쌍한 어머니는 무슨 바람으로 한평생을 사실까 그런 생각이 나를 사로잡았다.

사실이지 자식을 길러보고 가르쳐 보아야 내 부모가 나를 얼마나 사랑했는지 조금이라도 느낄 수가 있다. 예로부터 부모의 죽음을 천붕지통天崩之痛이라고 했다지만, 실상 자식의 죽음은 이에 비할 바가 못 된다. 그래서 '치사랑'이란 말 대신에 '내리사랑'이라 하지 않았던가.

얼마가 지났는지 벌써 해가 서산에 지고 저녁 안개가 시가지를 수채화처럼 덮고 있었다. 가을이라 쉬 어둠이 내리고 하늘의 별들은 더욱 총총히 빛났다. 지상에는 찬란한 불빛이 수를 놓고, 하늘에는 수많은 별들이 영롱했다. 세상이 이토록 아름다운 것을…….

어느 누가 말했던가. '개똥밭에 굴러도 이승이 저승보다 낫다고.' 악몽을 꾼 사람처럼 내 살갗을 꼬집어보았다. 사람은 타고날 때부터 하늘로부터 천분天分을 부여받고 태어난다. 아무도 신이 내려준 귀한 생명을 인간의 뜻으로 어쩌지 못한다. 이 밤을 밝히는 별들처럼 묵묵히 어둠을 밝히는 한 떨기 별빛이 되어야 한다고 생각하였다.

푸쉬킨의 시구를 되뇌이면서 어두운 산길을 비틀거리며 내려왔다. "세상이 그대를 속이더라도 괴로워하거나 서러워 말라……." 귓가를 스치는 싸늘한 가을 밤바람이 오히려 시원스레 얼굴을 스치고 지나간다. 세상은 살 만한 가치가 있는 것이라고.

(1990년)

칭키즈 칸의 옛꿈

무더위가 맹위를 떨치던 지난 어느 여름날, 몽골리아 울란바타르로 가기 위해 인천공항에서 수속을 밟다가 협력대학인 울란바타르대학의 총장을 만났다. 젊고 단아한 분으로 한눈으로도 예사 분이 아니라는 인상이 강렬하게 풍겼다. 반갑게 인사를 나누고 같은 좌석에 앉아 몽골로 향하는 비행기에 올랐다.

원래 그는 선교사였다고 했다. 중국은 종교가 허용되지 않는 유물사관唯物史觀이 지배하는 나라여서 몽골에서 선교하는 일이 여간 어렵지 않다고 했다. 하지만 몽골도 중국에 종속된 나라이기 때문에 선교는 엄두도 낼 수 없는 국가지만 목숨을 걸고 죽을 힘을 다해 하나님의 그 어려운 사업을 수행했다고 한다. 그러나 이러한 과정에서 몽골인들에게 우리 한국어를 가르치다가 놀랍게도 정부로부터 대학

설립의 제의를 받았고, 마침내 1993년에는 몽골 울란바타르 대학의 설립인가를 받아낼 수 있었다고 했다. 그리고 이듬해 시월에 정부로부터 최우수사립대학으로 평가를 받았다고 하니 새삼스레 하나님만이 할 수 있는 참으로 놀라운 일이라는 생각이 들었다.

중학교 시절 학교를 파하고 한강 가를 하릴없이 걷다가 우연히도 빌리그레헴 목사가 주도하는 세계 선교집회에 참석하게 되어 기독교에 입문한 얘기며, 몽골에서 대학을 설립하게 된 흥미로운 이야기를 듣다가 밖을 내려다보니 윤기 잃은 노릇한 초원이 광활하게 펼쳐졌다. 그리고 그 초원 너머 나지막한 도회가 내려다보였다. 저기가 울란바타르냐고 물었더니 그렇단다.

까치른 녹색 초원의 작은 비행장을 몇 번 선회하더니 착륙했다. 몽골의 수도공항이라지만 우리나라 그 어디에서도 찾아볼 수 없는 너무도 자그맣고 초라한 공항이었다. 에어컨이 없는데도 옷소매를 스치고 몸속으로 파고드는 바람이 여간 서늘하지 않았다. 우리나라는 연일 찜통 같은 폭염으로 사람들이 허우적거리는데 여긴 완연한 가을 날씨다.

하늘도 가을하늘처럼 맑고 드높다. 우리네 어릴 적 고향에서 노상 보았던 구름 한 점 없는 그런 하늘이었다. 잠시 두고 온 고국의 고향 하늘이 한 줄기 바람처럼 아련하게 가슴을 스치고 지나간다. 비가 내리지 않아 생기를 잃은 풀들이 햇빛에 비틀리어 바람에 하늘거리고 있다.

우리 대학이 외국의 협력대학인 몽골의 울란바타르 대학과 몽골 국립연구원대학 간 제휴된 사업 점검을 위한 공식적인 출장이었기 때문에 여행이라는 가벼운 마음이 들지 않았다. 하지만 수년 전 베이징 대학에 초빙교수로 있을 때 내몽골에 가본 경험이 있어 몽골과는 얼마나 다를까 자못 궁금했다. 이내 차창 가로 스쳐지나가는 울란바타르의 거리와 더럽고 답답한 시가지의 모습이 내몽골과 하나도 다르지 않다는 느낌이 들었다.

잠시 후에 김대중 대통령이 머물었다던 칭기즈 칸 호텔에 도착하여 여장을 풀었다. 그리고 우리나라 사람이 경영하는 한식집에 안내되어 늑대고기로 특별만찬을 하였다. 이곳은 야생늑대가 많아 이를 사냥하는 일을 나라에서 권장하기도 하고, 요리를 해도 아무런 문제가 발생하지 않는다고 했다. 물론 몽골인들은 우리네들처럼 이런 음식을 선호하지 않는다고도 했다. 우리나라 사람이 경영하는 음식점이기 때문에 가능한 일이었을 거라는 생각이 들었다. 자연스럽게 수저가 가진 않았지만, 먹기가 거북하진 않았다. 담백한 우리나라 보신탕 맛이라고나 할까?

저녁을 마치고 거리에 나섰다. 밤 10시가 넘었는데도 해가 서산에 걸리어 있다. 여긴 북반구 가까이에 위치한 나라이기 때문이라니 여행이 주는 맛이 이런 것이 아닐까 싶다. 저녁 바람이 가을날씨마냥 싸늘하여 옷깃을 여미게 한다. 얼마를 걷다 보니 우리가 여장을 풀었던 호텔이 저만치 다가선다. 연탄가스 냄새가 매캐하게 코를 찌른다. 이 나라의 에너지원이 바로 석탄이고 보면 우리도 오, 륙십년대 우리나라를 찾아온 관광객들이 그랬을 거라는 생각이 든다.

이튿날 우린 협력대학 이사장의 안내로 몽골국회 의사당을 방문했다. 치미도리 간조리그 재무차관과 초이존 소드놈체른 재무분과

위원장을 만나 몽골국가에 대한 얘기와 한국대학 간 협력 사안에 대한 요구를 들었다. 몽골은 광활한 국토를 가진 나라지만 인구는 사, 오백만 명에 불과한 부족국가 수준인데, 우리나라처럼 수도인 울란바타르에 인구가 집중되어 있다고 했다. 이러한 현상은 어느 나라나 공통적으로 나타나는 현상인가 보다.

몽골에 와 보니 우리나라는 이들이 부러워할 정도로 눈부시게 발전한 선진대국이다. 그들이 조금이라도 우리에게 도움을 받으려고 온갖 정성을 모으고 최선을 다하는 모습이 차라리 애처로웠다. 산학협력대학의 이사장이나 총장은 말할 것도 없고 장, 차관들도 예외가 아니었다. 그 옛날 세계적인 영웅 칭키즈 칸이 있어 광활한 초원을 누비고 급기야 유럽까지 정벌했던 그 엄청난 국력은 어디로 가고, 못난 후손들은 이토록 초라한 나라를 이끌어가는 걸까. 정말 역사는 흥망성쇠의 사이클처럼 돌고 도나 보다. 지금 그들도 칭키즈 칸의 웅혼한 옛 꿈을 꾸며 그때의 영화를 그리고 있는 걸까.

(2006년)

부끄러움의 미학

죽는 날까지 하늘을 우러러
한 점 부끄럼이 없기를
잎새에 이는 바람에도
나는 괴로워했다.

별을 노래하는 마음으로
모든 죽어가는 것을 사랑해야지
그리고 나한테 주어진 길을
걸어가야겠다.

오늘밤에도 별이 바람에 스치운다.

윤동주의 「서시」다. 암울한 시대적 절망 속에서도 스스로를 지키려 했던 숭고한 의지가 형상화되어 우리의 가슴을 답답하게 조여온다. 한 세상을 살면서 하늘을 우러러 한 점 부끄럼이 없이 살기가 어디 그리 쉬운 일일까.

잎새에 이는 가는 바람에도 혹시 그 마음 흔들리지 않을까 내면 깊숙이 괴로워하는 아름다운 마음이 오늘을 슬기롭게 산다고 믿는 우리들을 부끄럽게 한다. 시인 윤동주의 갑작스런 죽음은 나뒹구는 통나무처럼 마루타 생체실험물로 희생되었다는 보고서가 근년에 발표된 적이 있지만, 어쨌든 그는 참으로 불행한 시대에 태어나 한 많은 세상을 살다간 이 나라의 지성인임에 틀림없다.

부끄러움의 미학은 『맹자』 진심盡心 상편 군자의 삼락 가운데 둘째 즐거움에서 비롯된다. 하늘을 우러러보아도 한 점 부끄러움이 없고, 사람을 대하여도 조금도 부끄럼이 없는 게 즐거움이라는 것이다. 하늘을 이고 이 땅을 디디고 사는 사람들의 인간다운 진정한 삶을 일컫는 말이라고 할 수 있다.

요즘 사람들은 도대체 부끄러워할 줄도 모르고 스스로 양심적이라고 뻔뻔스럽게 합리화하면서 사는 사람들이 많다. 자신의 욕망을 채우기 위해 사람을 죽여 놓고도 정당한 것처럼 호도하는 게 다반사다. 부정한 방법으로 거액을 편취하고서도 버젓하게 행세하는 사람들이 너무도 많다.

도무지 부끄러워할 줄도 모르고 부끄러움이 무엇인지조차 모르고 산다. 참으로 한심한 일이다. 혹자는 양심 있는 바른 사람은 잘 살 수 없는 세상이라고들 한탄을 한다. 수단방법을 가리지 아니하고 부정을 저지른 사람들이 잘 살아간다는 건 좋은 세상일 수 없다. 사회가 불치의 중병에 걸려 있다는 거와 다름 아니다.

언젠가 서울 ㅇ대학 앞에서 텔레비전 기자가 무단 횡단하는 학생을 카메라에 담아 취재했을 때였다.

"왜요? 이 나라에서 법 잘 지켜 잘사는 사람 봤어요?"

그 젊은이의 내뱉듯 쏘아붙이는 그 말 한마디로 가슴이 싸늘했던 기억이 아직도 생생하다. 사회학자들은 이런 병리현상을 가치관의 혼란과 물질추구의 이상성異常性에서 찾는다고 한다. 물질만능의 사회구조와 병리적인 인간심리로부터 비롯되었다는 게 옳다. 그럴 법한 말이다. 사람들은 수단방법을 가리지 않고 힘을 잡고 돈만 벌면 일약 귀족층으로 상승되는 것처럼 착각하고 있으니 말이다.

사실 오늘날은 물질이나 학벌, 권력 등 외적조건이 신분의 주요 척도가 되는 세상이다. 그러다 보니 누구라도 신분상승의 욕망을 충족하기 위해 어떤 몰염치한 행위도 스스럼없이 자행한다. 요즘 지성의 전당이라는 대학에서도 양심과 염치에 대한 비판적 시각이 드세게 빗발치고 있다. 교수들에게, 정치인들과 기업인들에게 양심에 따른 부끄러움을 엄하게 가르쳐 주고 있다는 것이다.

작년 살벌했던 정치상황 아래서도 진정한 민주화를 위한 대학 교수들의 개헌 서명운동이 그랬고, 사립재단의 비민주적인 학사행정에 대한 ㅈ대 교수들의 양심선언이 그렇다. 하지만 그 무엇보다 우리들 가슴을 아프게 헤집는 것은 시위를 한 학생들을 등급을 매겨 제적시키라는 문교장관의 강압이었다. 하지만 끝내 이를 물리치고 학생을 징계하는 것보다 차라리 총장직에서 의연하게 물러나 버린 서울 ㄱ대학의 경우가 우리를 마음 아프게 한다. 후문이지만 군부시절 그에겐 대사, 장관, 총리 등 온갖 영화로운 벼슬살이 권고가 수없이 있었다고 전해졌다. 하지만 그는 단 한 번도 흔들리지 않고 오직 학자로서, 교육자로서, 선비로서의 길을 부끄럼 없이 의연하게 걸어왔다고 한다.

제 한 몸의 영화나 명예만을 위해 양심의 소리에 귀 기울이지 않고, 아무렇게나 편리만을 추구해 온 이런 험한 세상에 얼마나 보배스런 군자인가 숙연해진다. 혹자는 요즘엔 훌륭한 스승도 제자도 없다고들 한다. 하지만 나는 그러한 훌륭한 양심과 부끄러움을 아는 사람들을 대할 때마다 말할 수 없이 흐뭇해진다. 때론 살맛 없는 세상 같으면서도 가끔 살 만한 세상처럼 신선한 느낌을 받기도 한다.

작년 경찰이 난사한 최루탄에 맞아 안타깝게 절명한 이한열 군의 일기장에서도 이런 아름다운 부끄러움이 발견되었다. 그는 '사회의 외곽지대에서, 무풍지대에서, 스스로를 망각한 채 살아왔던 지난날이 부끄럽다.'고 했다. 그 젊은이의 통렬한 양심의 소리가 정말 우리를 부끄럽게 한다. '내가 제물이 되어 인간들이 소외당하지 않은 채 살아가게 하고 싶다.', '최루가스로 얼룩진 듯한 저 하늘 위에라도 오르고 싶다.'라고 쓴 유서 같은 일기는 우리들을 더욱 부끄럽게 한다.

그러나 그 무엇보다도 우리를 더욱 슬프게 하는 것은 며칠 전 빛고을 광주 망월동 묘지 푸른 달빛에 묻힌 조성만 군의 경우다. 그는 이 고장에서 고교를 졸업하고 서울 ㅅ대에 입학한 뛰어난 수재였다고 한다. '91년에 신학교에 발을 들여놓으면 부제서품副祭叙品이 97년에야 가능한데 앞으로의 10년을 어떻게 채우며 살 것인가?'라는 설의設疑 속에는 인간에 대한 뜨거운 열정과 사랑으로 살아가려는 그의 불 같은 염원이 옹글게 담겨져 있다. 부모에 대한 높은 존경과 깊은 사랑도 그의 일기장 속에 빠뜨리지 않았다.

그러면서 '분단 44년 3월 17일과 3월 18일'이라는 그의 비극적이고도 독특한 연대기 속에 담겨진 「부활하는 한반도」라는 자작시와 고뇌에 찬 일기는 조국에 대한 뜨거운 열정으로 점철되었다. 무서우리만치 영특한 젊은이들이 많은 요즘 세상에 좀처럼 찾아보기 힘든 이 나라의 출중한 의사義士가 아닐 수 없다. 이 순수한 젊은이의 피 맺힌 양심의 소리가 무디어진 우리들 가슴을 아프게 두드리며 우리를 몹시도 부끄럽게 한다.

'점차 시간이 흐를수록 부끄럽게 살아가고 있는 나 자신에게 더욱 또렷이 드러나는 것은 하나의 죽음을 넘어가는 긴 장례행렬의 끈질긴 여운 때문일까?' '한 맺힌 반도에 태어나 사람을 사랑하고자 하는 부끄러운 한 인간의 모습이 이렇게 괴로울 수가!'라고 쓴 이 일기는 윤동주가 절감했던 그 부끄러움과 함께 동질적으로 드러난다. 어쩌면 조성만 군의 부끄러움은 "별을 노래하는 마음으로 모든 죽어 가는 것을 사랑하고 숙명처럼 그에게 주어진 길을 걸어가야겠다."는 윤동주와 등가적인 가치세계로 표백된 것으로 비춰진다.

사람은 부끄러워할 줄 알아야 한다. 더구나 사람들을 이끌어간다는 지도자들은 더더욱 말할 것이 없다. 요즘 전직 대통령의 형제와 척족들의 상상을 초월한 비리 속에서 말문이 막힌다. '집에 사는 사람은 반드시 덕업德業을 닦아야 하고, 정치를 하는 사람은 모두 다 염치廉恥를 알아야 한다.'는 구당서舊唐書의 명언을 되새겨볼 일이다.

이 염치의 사전적 의미는 마음이 조촐하고 깨끗하여 부덕과 부정한 일에 부끄러움을 아는 마음이다.

현대를 살아가는 우리들 모두 집에 거하는 자나 높은 자리에 앉아 나라를 다스리는 자일지라도 그들이 정녕 부끄러움이 있는지 마음의 거울에 비춰보아야 한다. 자신도 모르는 사이에 일을 그르치지는 않았는지, 아니면 나 아닌 다른 사람에게 옳지 못한 일을 하지는 않았는지 곰곰이 생각해 볼 일이다. 그리고 얼마만큼이나 부끄러워하며 살아왔는지 다시 한 번 되돌아봐야 하지 않을까.

(1988년)

사람 사는 기쁨

작년 여름이었다. 쓰던 논문을 멈추고 멀리 우뚝 솟아 있는 모악산을 잠시 바라다보며 깊은 상념에 젖어 있는 나를 불러 깨운 건 요란한 금속성의 전화벨 소리였다.

"어이, 전 교순가? 나 병귤세."

"예? 누구신가요?"

이렇게 시작된 대화가 한동안 지속되다가 내 마음 언저리에 늘 앙금처럼 남아 있던 고향친구 병규라는 걸 확인한 건 얼마 후였다. 이내 난 그 기쁨을 감당하지 못하고 어린애처럼 좋아 어쩔 줄 몰랐다. 그날 오후 퇴근 무렵에 만나자고 약속을 해 놓고서 전화를 끊었지만, 그 시간이 될 때까지 얼마나 지리했는지 모른다. 책을 들여다보아도 이내 활자가 흐려지고, 어느덧 그 옛날 고향 정경들이 아름답게 오버랩되어 펼쳐졌다.

우린 토요일 오후만 되면 가르마처럼 곧게 뻗은 신작로를 따라 덕유산 자락에 자리한 친구 집으로 곧잘 놀러 갔다. 그때만 해도 버스 구경하기가 어찌나 힘든지 십 리, 이십 리쯤 걷는 것은 일상이었다. 하늘도 보고 땅도 보고 온갖 장난을 치며 신작로를 따라가다 보면 집재에 오르고, 이 고개를 넘으면 으레 나무꾼들이 다니는 가느다란 산골길로 이어졌다. 거긴 맑디맑은 산골 물이 졸졸 흐르고, 온갖 새들의 지저귐과 산짐승들의 울음소리가 어울려 마치 산속의 교향악이 울려 퍼질 것 같은 아름다운 꿈길이었다.

이렇게 산골 오솔길을 따라가자면 두어 채 초가집이 있는 산촌을 지나고, 또 한참 오르면 가파른 언덕길에 다다른다. 여기저기 다람쥐와 토끼들이 뛰어다니는데 바로 옆에서 갑자기 '푸드덕' 꿩이 날아오르기도 했다. 그러면 소스라치게 놀라는 나를 보고 그는 재밌다는 듯이 낄낄거리며 웃어젖히곤 하였다. 그렇게 한 시간쯤 가면 산골 다랑이논을 지나 그집 앞에 이른다. 대문 앞에 닿기가 무섭게 인정 많은 그의 어머니는 두 손으로 우리를 반가이 맞아준다.

앞 개울물에 흐른 땀을 씻고 마루에 앉아 있으면 얼마나 배고프냐면서 밥을 짓기도 전에 먹으라고 감이랑 밤이랑 듬뿍 소쿠리에 담아 내다주었다. 언제나 우리들 고향 인심은 이토록 풍요롭고 아름다웠다. 더욱이 아깝다 아니하고 무엇이든 듬뿍듬뿍 내어주시는 우리 어머니들의 푸짐한 사랑이 그러했다.

호롱불 앞에서 아직 인생이 무엇인지 모르는 우리들은 어설픈 인생에 대한 열띤 토론이 벌어지면서 가을밤이 깊어가는 줄도 몰랐다.

밤이 깊으면 으레 배고프지 않냐며 밤참을 내다주시는 어머니는 마냥 즐거워보였다. 가끔 산짐승들의 울음소리가 산울림 되어 울려 퍼지고, 산촌의 밤은 더욱 정적 속에 빠져들면서 우리를 꿈속으로 곤히 파묻어 버린다.

누군가가 지난 추억은 아름답다고 했다. 정말이지 지난날은 누구에게나 아름답기 마련인가 보다. 내 어릴 적 고향은 참으로 가난하고 힘들었을지라도 무지갯빛 추억을 우리 가슴에 안겨주었고, 우리의 뇌리 속을 아름답게 깊숙이 파고들었다. 나는 가끔 그러한 옛 추억이 그리워 산을 자주 찾는다.

한 이태 전 어느 가을날, 초등학교에 다니는 두 아이들을 데리고 모악산 계곡을 찾아 산길을 올랐다. 한참 오솔길을 올라 산골 논다랑이를 지나다가 큰아이가 신기한 발견이라도 한 듯 크게 외쳤다.

"아빠, 저게 뭐야?"

"어디?"

"저기 말예요."

큰애가 가리키는 쪽을 보니, 한 두어 길 남짓한 밤나무 위에 밤송이가 벌어 탐스럽게 얼굴을 내밀고 있었다. 나는 순간적으로 아주 좋은 자연 공부감이라는 생각으로 돌팔매질로 알밤을 따서 고사리 같은 아들 손에 쥐어 주었다. 순간 수건을 둘러쓴 나이 든 아주머니가 헐레벌떡 뛰어와 남의 밤나무에 손을 대었다고 어찌나 다그치던지, 난 얼마나 부끄럽고 무안했는지 모른다.

세상은 너무도 많이 변했다. 밤이랑 감은 얼마를 따먹더라도 다만 가지만 상하게 하지 말라던 그 시골 인심도 이젠 옛이야기가 되어버렸다. 사실 시골에서 나는 산물 모두가 화폐단위로 환산이 되는 세상에다 그것이 아들 손자들의 학비가 되는 수입원이고 보면, 그 아주머니의 지나치리만큼 다그치던 꾸지람도 야속한 일이라고 서운해할 수는 없는 일이다.

이런저런 생각에 잠기다 보니 어느새 퇴근시간이 임박했다. 주섬주섬 책가방을 챙겨들고 퇴근을 서둘러서 약속한 다방엘 가보았다. 좀 이른 시간이었지만, 그는 벌써 와서 기다리고 있었다. 들어서자마자 그는 옛모습을 지니고 있어 곧바로 알아볼 수 있었지만, 그 친구는 너무도 많이 변해 있었다. 벌써 머리가 희끗희끗 백발이 성기고 이마에 깊이 팬 주름살에 무상감이 밀려왔다

그러니까 그는 고향에서 중학 시절을 보낸 뒤 도시로 진학했고, 얼마 뒤엔 인천세관에 근무한다는 사실이 풍문으로 들려왔을 뿐, 그 뒤 소식을 아는 사람은 없었다. 그는 관세사가 되었고 시내에서 수출입 관계를 돕는 회사를 설립하여 책임자로 있다고 했다.

이런저런 이야기를 주고받다가 친구들 이야기로 화제를 옮겼다. 불혹의 중반에 선 창현이는 아직도 서독에서 의학을 전공한다고 했고, 여자에 걸맞지 않게 법과대학에 진학했던 원표는 그의 유별난 뜻과 정에 걸맞게 서울에서 사랑의 전화 상담역을 맡아 사회봉사에 참여하고 있다고 했다.

사실 그녀는 어릴 적부터 보통 사람들과는 달리 어려운 사람들을 그냥 보아넘기지 않는 아름다운 성정을 지니고 있었다. 언젠가 교통사고로 입원한 나를 찾아와선 신문 중상자 명단에 나왔더라고 깜짝 놀라던 그녀의 표정이 아직도 생생하다. 그리고는 곧장 시장에 들러

이것저것들을 사들고 찰밥이며 수정과를 만들어서 병상에 있는 나에게 먹어보라던 그 아름다운 마음씨를 내내 잊지 못하고 있다. 이런저런 이야기가 오가면서 나누는 술잔엔 더 옛정이 어리고 따스한 우정 속에 시간가는 줄 몰랐다.

요즘은 사람들이 너무나 인정이 메마르고 약삭빨라서 세상 살 맛이 없다. 힘겹고 가난했어도 그 옛날 풍요로웠던 시골인심이 그립다. 어려웠어도 이웃 간에 음식을 나눠먹고 오순도순 살았던 그 시절로 돌아가고 싶다. 모두들 사람 사는 기쁨이 물질의 충족에서 비롯되는 게 아니고, 오롯한 인간정신에서 비롯된다는 평범한 진리를 아는 세상이었으면 좋겠다. 자기만 살아남아야 한다는 극단의 이기와 개인주의에서 벗어나 이웃과 더불어 살아야 한다는 인보정신隣保精神이 물결쳐서 정말로 살 만한 세상이었으면 좋겠다.

(1986년)

한바탕 꿈

오늘 새벽은 새해 들어 처음 맞는 비상소집이라니 모자란 잠을 무릅쓰고 잠자리를 떨치고 일어날 수밖에 없다. 친구의 부음을 듣고 연 이틀간이나 조문을 한답시고 잠을 설친 데다가 이른 새벽 비상소집이라 여간 짜증스런 일이 아닐 수가 없다.

큰애가 쓰는 자명 전자시계를 머리맡에 갖다 놓았더니 귀찮으리만치 잠 깨우는 소리가 요란하다. 일어나기도 무척 힘들고 눈도 떠지지 않을 뿐더러 신경을 자극하는 그 시끄러운 경적이 몹시도 얄미웠다. 한 오 분만이라도 더 눈을 붙였으면 좋으련만 그칠 줄 모르는 경적 때문에 어쩔 수 없이 잠자리를 털고 일어났다.

대강 출근 준비를 마치고 마당에 나섰더니 새벽바람이 싸늘하게 온몸을 파고든다. 정월 보름을 지난 하현달이 중천에 떠 있다. 달이 차면 기울고 기울면 또 차는 게 자연의 순리이건만 인생이란 도대체 어디서 왔다가 어디로 가는 것일까? 문득 이 세상을 떠나 아직도 그 영혼이 집안에 맴돌며 머물고 있을 친구 생각이 난다. 오늘 장지葬地로 떠난다는 그를 생각하며 새벽길을 걸었다.

친구의 인성을 형성했던 그의 기氣와 정精의 실체는 무엇일까? 온 우주 자연 속에 산재해 있다가 어느 날 바람처럼 왔다가 또 바람처럼 사라지는 걸까? 온갖 시답잖은 인생에 대한 회의懷疑가 새삼 뇌리를 떠나지 않는다.

비상 통근버스에 오르니 부석부석한 낯익은 얼굴들이 한눈에 들어온다. 언제나 똑같은 진행에 규격화된 안보교육을 싱겁게 마치고 강당을 나서니 난데없이 온 천지를 뒤덮을 듯이 함박눈이 쏟아져 내린다. 발목까지 차 오르는 눈길을 걸으면서 설을 거꾸로 쇤 것은 아닐까 하는 생각을 하였다.

이렇게 눈이 내리는데 오늘 발인하는 친구의 장례를 어떻게 치를까 적이 걱정이 된다. 얼마나 퍼부었는지 삽시간에 온 산야가 온통 은세계 같다. 닥터 지바고에서 그가 사랑했던 라라를 찾아 설원을 헤매던 인상 깊었던 그 영화의 한 장면처럼 하늘은 온통 눈으로 산야의 아름다움을 연출하고 있다.

이렇게 눈이 내리면 누구든 자기도 모르는 사이에 탄성을 지른다. 그리고 까닭도 없이 마음이 들뜨기 마련이다. 이런 날이면 먼 태곳적 음향을 들을 것 같기도 하거니와 늘 우리들 마음의 고향에 젖어 지난날들의 추억에 잠기기도 한다. 그 회상은 곧잘 고향으로 배경이 옮겨지기도 하고 아름다운 어린 시절로 거슬러오르기도 한다.

　우리들의 어린 시절은 오늘 우리가 입고 있는 옷들마냥 맵시나 보온이 잘 고려되지 않아 늘 추웠다. 하지만 그런 허름한 옷을 입었을지라도 꿩이나 산토끼를 찾아 힘차게 눈 덮인 온 산야를 뛰어다녔고, 때론 손이 벌겋게 부풀어 올라도 손 시린 줄 모르고 눈싸움에 여념이 없었다. 그런 어린 날들이 자꾸만 그리워진다.

　하지만 모두가 쓸데없는 허망한 것들뿐이다. 자기도 모르는 사이에 세월은 바람처럼 흐르고 연륜의 수레바퀴는 우리들마다 나이테를 하나둘씩 두르면서 스스로를 죽음과 가까이 하게 한다. 누구든 나이를 먹는다는 일상적인 생각과 자기가 누리고 있는 것들을 영원한 것인 양 착각하는 경우가 많다.

　인생에 있어 가장 시간이 마디게 흐르는 나이가 십대라고 한다면 잰걸음으로 쉬이 흘러가는 때를 불혹을 넘어선 나이란 데에 이의를 제기할 사람은 없을 성싶다. 그러길래 십대는 아장걸음이요, 이십대는 사뿐걸음이요, 삼십대는 성큼걸음이요, 사십대 이후는 총총걸음이라고 하지 않았던가.

백 년 삼만 육천 일이 일장춘몽一場春夢 아니런가
청춘이 어제러니 백발이 짐작하여
소문 없이 오는 서리 귀밑을 재촉하니
슬프다 이 터럭이 언제 온 줄 모르겠다
어와 청춘소년들아 옥빈홍안玉鬢紅顔 자랑 마라
덧없이 가는 세월 넨들 매양 젊을쏘냐
우리도 소년 적에 풍신風神이 이렇던가
꽃같이 곱던 얼굴 검버섯이 절로 나고

백옥같이 희던 살이 황금같이 되었으며
삼단같이 검던 머리 다박솔이 다 되었네

　인생무상을 노래한 우리의 가사 「백발가白髮歌」 중의 일부이다. 바람 같은 인생의 한과 슬픔이 응결되어 우리들 가슴을 저민다. 덧없고 무상한 게 인생이란 것을 우리네 선인들은 삶을 통해서 절감하였다. 언제 찾아왔는지도 모르게 어느 날 갑자기 거울에 비쳐진 한둘의 하얀 귀밑 머리카락을 보고 소스라치게 놀랄 수도 있다.

　이 가사는 소리 소문 없이 찾아 온 귀밑의 하얀 머리를 '오는 서리'로 메타포하여 늙음의 한으로 대변하였다. 옥 같은 얼굴의 젊은 시절을 못내 아쉬워하며 뒤쫓아 오는 젊은이들에게 인생의 무상함을 일깨우고 있다.

　우리네 선인들은 우리의 삶 그 자체가 헛된 것임을 터득하였기 때문에 인생은 남가일몽이요, 일장춘몽이며, 초로인생이라고 한정하지 않았던가! 한 줄기 바람이 인다. 바람에 실려 온 함박눈이 나비처럼 창가에 앉았다가 이내 사르르 녹아져 내린다. 정말 우리 인생이란 바람에 실려온 함박눈처럼 소리 없이 왔다가 자취 없이 사라져가는 한바탕 꿈이런가!

(1985)

4부

아름다운 세상

한심한 사람

하늘을 보았다. 하늘에 맞닿은 서산마루가 드리워져 있다. 산마루 엔 금방이라도 하늘을 날아오를 것 같은, 영락없이 비행기 모양을 한 소나무가 파란 하늘을 이고 서 있다. 소나기가 한 줄기 지나고 간 그 자리엔 일곱 빛깔 무지개가 하늘다리를 만들어낸다. 그러면 막 물장 구치고 나온 벌거벗은 우리들을 안개터널 꿈길로 이끌어간다.

무지개 저 다리를 건너면 그곳은 어디일까? 그리고 저 산을 넘으면 어디가 있을까? 산 너머, 시냇물 건너 구름 아래는 누가 사는 걸까? 우린 참 궁금했다. 지금이야 교통이 좋아서 자가용을 타고 어디든 마 음대로 다닐 수 있지만, 우리가 살았던 지난 세월이 어디 그랬던가?

그러나 요즘 세상은 그런 옛날과는 너무도 다른 별세계다. 사람들 도 참 많이 달라졌다. 어린이들조차 유치원에 들어가기도 전에 TV

를 보면서 세상 돌아가는 모습을 훤하게 내다보고 있다. 하니, 우리 때처럼 토끼가 달나라에서 방아를 찧는다면 코웃음을 칠 게 분명한 노릇이다.

난 하늘과 산과 냇물이 아름다운 산골에서 태어났다. 유난히 냇물이 맑고 아름다운데다가 10여 킬로 이상 한들을 가로질러 적셔주기 때문에 벽계碧溪라고 불러 오다가 지금은 장계長溪라고 불리는 곳이다. 난 이곳에서 유년과 소년 시절을 하늘과 산과 냇물과 바람과 함께 호흡하며 살았다. 봄이면 산에 올라 빨갛게 흐드러진 진달래꽃을 꺾어 먹고, 여름이면 냇가로 내달아 물장구치며 멱을 감았다. 가을이면 산야에 흩어진 감이며, 다래, 으름을 따고 밤도 주웠다. 눈이라도 펑펑 쏟아져 산과 들을 하얗게 덮으면 동네 아이들을 모아 토끼나 꿩을 잡으러 온 산을 헤맸다.

내가 초등학교 5학년 때의 일로 기억된다. 그렇게도 자연을 좋아했던 내가 대전이나 전주로 이사를 가자고 아버지를 졸라댔다. 대전은 아버지가 사업을 벌였던 도회지였고, 전주는 내 고장 도청소재지였기 때문이었다. 내 제안을 받은 아버지는 긍정도, 부정도 하진 않았지만, 내 생각엔 들어주실 거라 믿었다. 그러나 얼마 후에 나을 수 없는 병이 들어 자리에 누우셨고, 급기야 그해 겨울눈이 펑펑 내리던 크리스마스 날 운명하셨다.

선대에 이루지 못한 꿈을 고등학교 2학년에 올라가면서 내 스스로 실행에 옮겼다. 전학할 것을 결심하고 전주로 나가 신흥고등학교에서 시험을 치렀다. 그리고 좋은 성적으로 합격했다. 그러나 먹고자고 생활할 터전이 걱정이었다. 도 경찰청에 다니시는 외숙부를 찾았다. 사정을 들으시더니 외숙모에게 말씀을 드려보라고 하셨다.

그리하여 전주에 정착하게 되었고, 대학을 마치고 이곳에 줄곧 뿌리내려 살았다. 하지만 나이가 든 지금도 산 내음이 상큼한 산에 오르거나 골짜기를 흐르는 시냇물을 보노라면 가슴이 설레어 온다. 이런 모습을 본 우리 딸녀석은 오버가 심하다고 곧잘 핀잔을 준다.

요즘 젊은이들은 이런 자연의 아름다움을 알 리 없다. 천연적인 것보다 인공적인 것을 더 좋아하고, 시골보다 화려한 도회에 길들여져 있는 젊은이들이고 보면 이런 현상은 오히려 자연스러운 일일 것 같다. 정말 이들에게서는 낭만이란 걸 찾아볼 수도 없고, 낙낙한 멋도 없다. 사람들의 마음이 이러하니 이들이 사는 세상도 아름다울 리 없다.

난 조그만 뜰이 있는 30년 된 낡은 집에서 지금도 살고 있다. 철 따라 진달래며 철쭉이 피고, 가을이면 빨간 얼굴을 붉히고 예쁜 모습을 드러내는 감나무도 볼 수가 있다. 그리고 바람과 빗소리도 들을 수가 있고, 함박눈이 꽃처럼 아름다운 설경도 만날 수가 있다. 이뿐만이 아니다. 이따금 철 따라 이름 모를 새들이 날아와 이쁜 몸맵씨를 뽐내기도 하고, 아름다운 노랫소리를 들려주기도 한다.

이런 나를 지켜본 아내와 딸애는 참으로 한심한 사람이라고 노골적으로 불만을 한다. 내가 나를 보아도 그렇다. 요즘 주거공간인 집이 어디 사람이 살기 위한 공간이던가? 옮길수록 넓어지고 또 부자가 되는 재테크 수단으로 바꿔진 지가 언제인데, 아직도 이렇게 살아가는 내 몰골이 얼마나 한심했겠는가 말이다.

하지만 누가 뭐래도 난 정 붙여 살아온 자그만 내 집이 좋다. 흙

냄새에 묻어오는 꽃향기도 있고, 오죽烏竹을 스치는 대 바람 소리도 있다. 때로 빗방울 떨어지는 소리며, 사락사락 눈 오는 소리도 들을 수 있는, 그래도 자연의 숨결이 조금은 남아 있는 집이기 때문이다.

오랜 세월을 지내다 보니 손을 보지 않고는 살기가 힘든 게 일반 주택이다. 그간 집수리를 하느라고 쏟아부은 돈만도 적지 않았다. 집도 사람과 같다. 온도와 습도도 맞춰줘야 하고, 분도 바르고 때론 닦아 주면서 예쁘게 가꾸지 않으면 서 있기가 어려운 게 집이다. 온 돌과 창호를 바꾸고, 집기도 교환하고 페인트도 칠해야 한다. 욕실의 타일이며 낡은 기구도 바꿔줘야 생기가 돈다.

오늘도 욕실의 세면기와 샤워기기, 그리고 타일을 떼내고 새로 바꾸는 리모델링 공사를 시작했다. 이젠 아내나 딸애의 요구대로 밝고 아름다운 팰리스형의 새 아파트로 가고 싶어도 갈 수가 없다. 서구와 달리 주택은 살 사람도 없을 뿐더러, 재산증식의 방편도 되지 못하기 때문이다. 이제 우리 집은 한심한 사람과 함께 누덕누덕 고쳐지고 바꿔지는 신세를 면할 수 없다. 그리고 한심하지만 그런 서글픈 운명을 안고 나와 더불어 살아가야만 한다.

(2007)

우리말 이름들

얼마 전 '한국 땅 이름학회'에서는 일본식인 '중지도中之島'나 '윤중제輪中堤'를 순수한 우리말 지명인 '강섬'이나 '샛섬', '방죽'이나 '섬둑'으로 고쳐야 한다는 건의서를 시장 앞으로 제출한 일이 있었다. 참으로 잘한 일이다. 기록에 의하면 삼국시대부터 지명을 한자로 고쳐 적기 시작했다고는 하지만, 지금도 본디 우리말 지명이 도처에 산재해 있는 걸 보면 아직도 우리 고유의 것에 관한 자존의식이 강하게 남아 있다는 생각이 든다.

최범훈 교수의 고유명사 연구물 가운데 '사동蛇洞 · 배얌골'이라는 지명은 경남 거창 '마리馬利'에도 있다고 하였다. 이 배얌골은 임 · 병양란에 시달린 선대 할아버지가 마리면 영승리馬利面 迎勝里를 떠나 산속으로 들어가 개척한 마을이라고 전해온다.

거창의 향토사학자이자 제창의원 원장이신 김태정 선생은 거창에는 우리 고유의 지명이 아직도 많이 남아 있다고 했다. 고령가야의 중심지였던 그곳 거창의 '마리'는 주지하는 바와 같이 '머리'라는 뜻으로 '수뇌首腦, 추장酋長'이라는 의미를 지니고 있어 가야시대에 우두머리의 생장지가 아니면 그들이 통치했던 중심지쯤이었던 것으로 보인다.

소를 먹이던 곳을 '쇠실, 쇠골'이라 이름했던 것을 '우곡牛谷'이라고 했지만, 음에 따라 의미까지 바꾸어서 아예 '금곡金谷'이라 부르기도 했다. 마찬가지로 '쇠비내'는 지금 '금천金川' 혹은 '소부천巢父川'이라 쓰고 있다. '배얌골'은 뱀골이란 뜻으로 '사동蛇洞'이라고도 하지만, 오히려 음에 따라 의미까지 바꾸어서 배움골이란 뜻의 학동學洞이라 쓰는 사람들도 많다.

이효석의 단편 「메밀꽃 필 무렵」 속에는 허 생원과 기이한 인연이 된 '봉평鳳坪'이 나오는데 이러한 지명도 전국 곳곳에 산재해 있다. 임·병 양란의 전란 속에 선대의 형제 할아버지께서 더 깊은 산속으로 은거하기 위해 수백 년 살아왔던 마리면 영승리를 떠났다. 도중에 몸이 약한 작은할아버지는 가까운 배얌골에 남아 정착했고, 모험과 개척정신이 많은 우리 할아버지는 산 넘고 물을 건너서 안의의 '새들'에 정착하여 마을을 개척했다고 전해온다.

으레 새로 개척한 곳은 모두 '새들'이어서 이를 한자로 고치면 신평新坪, 또는 봉평이라 한다. 새들 동네 뒷산을 보면 마치 봉황鳳凰이 내려앉기 직전의 날개 형상을 하고 있기 때문에 풍수설에 입각하여 '봉평鳳坪'이라 했는데 지금도 이 둘의 이름을 병용하고 있다.

지금 내가 살고 있는 곳은 옛날 전주부 사람들이 한양을 가던 길 초로 이들을 위해 떡전을 벌였던 '떡전거리'다. 과거를 보러 가던 선비들이 남문을 나서서 맑은 시냇가를 따라 가다가 '숲정이'를 지나 이곳에 이르면 샛거리가 생각남직도 한 곳이므로 떡전을 벌였던 모양이다. 막걸리나 백주白酒 한 잔에 안주삼아 이 떡을 먹고 남은 것은 괴나리봇짐에 몇 개 더 싸서 짊어지고 걸음을 옮기면 감수물에 이른다. 감수甘水물! 목마른 김에 시원한 샘물 한 바가지를 마시는 기분은 요즘 냉동한 박카스나 인삼드링크제에 비교가 되랴 싶다. 그야말로 달고 시원한 감수물이 아니겠는가!

이 얼마나 아름다운 우리말 지명들인가? 아직도 우리 고장엔 이러한 지명들이 여기저기 널려져 있다. '중바우僧岩山', '좁은목', '용머리고개', '물앙몰', '은행나무골목', '은골' 등 우리말 지명이 우리와 함께 숨쉬며 살아가고 있다. 그리고 우리 뇌리 속 한구석에 깊숙이 자리하고 있다.

지난 여름방학이었던가. 무주구천동에서 국문학 세미나가 열려 그곳으로 가는 도중에 '집재[家峙] 해발 480m', '솔고개 해발 ○○○m'라고 씌어진 표지판을 보면서 얼마나 흐뭇해했는지 모른다. 굳이 가치家峙라거나 송치松峙나 송현松峴이라고 쓰느니보다 이런 우리말 지명이 얼마나 옹글고 아름다운 이름이었던가? 하지만 집재의 '집'은 본디 집[家]을 의미하는 게 아니라, 비단이라는 '깁'[絹]이 구개음화한 것을 집[家]으로 오해하여 '가치'라 잘못 쓰인 것이 아쉽기는 했지만, 동행했던 동료 교수들도 몇 번이나 참 잘한 일이라고 찬사를 아끼지 않았다.

여기저기서 우리 고유의 것을 되찾고, 우리 것을 제일로 아는 바람이 일고 있다. 이런 아름다운 일들이 우리 가슴속에 깊숙이 뿌리 내려 자존의 정신을 되찾았으면 좋겠다. 외국의 것이라면 무엇이든 사들이고, 또 그것을 자랑으로 여기는 그런 신사대주의에서 벗어날 때도 되었다. 지금이라도 늦지 않았다. 『동국여지승람』이나 대동여지도에도 없는 지명을 애써 개칭할 필요도 없다.

다스리는 자리에 앉아 있는 자들도 근거도 없는 개명을 서둘러서는 안 된다. 일본 오사카 북구의 3.5㎞에 달하는 섬에서부터 일본 곳곳에서 발견되는 중지도中之島, 즉 '나카노시마'를 우리나라 땅 한강가에 이식하는 우愚를 범하지 말자. 일본 에도시대에 큰물을 막기 위해 쌓은 둑으로 생겨난 마을 '와쥬우떼이'라 했다던 '윤중제輪中堤'를 왜 한국에 도입하는 건가? 외국의 것이라면 무엇이건 들여다 쓰고 보는 그런 맹목적인 선호의식에서 하루빨리 벗어나야 한다.

외국어를 자랑스럽게 남용하면서 외국상표를 뽐내고, 물품마다 무슨 상표냐고 묻는 그런 자비自卑적인 시각에서 벗어날 때도 되었다. 내 것이 좋고, 우리의 것이 귀중하고 값지다는 자존의식을 가져야만 우리 민족과 나라가 세계 속으로 뻗어나갈 수 있다. 한자나 일어, 심지어 국적도 모르는 이름들보다 우리말로 지어진 이름들을 되찾고 사랑하는 운동이라도 벌였으면 좋겠다. 그리하여 '떡전거리', '은행나무 골목', '숲정이', '은골', '믈왕물', '집재', '싸리재', '솔고개' 라는 우리 고유의 지명이 우리의 길과 거리가 되면 얼마나 좋을까.

(1986년)

남의 손의 떡

"좋은 아침!"

요즘 TV 화면에서 낯설지 않게 들을 수 있는 인사다. 이런 인사를 접할 때마다 우리가 언제부터 이런 인사를 하고 살아왔는지 어이가 없을 때가 많다. '좋은 아침', 이 말은 영어의 '굿모닝'이라는 말을 그대로 직역한 결과라는 걸 모르는 이는 없을 것이다. 하지만 어쩐지 어색한 느낌을 떨칠 수가 없다. 말도 생활습속도 세상 따라 변한다는 평범한 이법理法을 모르는 바도 아니다. 하지만 이러한 인사법은 어쩐지 부자연스럽고 우리답지 않다는 말이다.

우리들은 일 년 내내 안개나 비로 회색빛 하늘을 이고 있는 북유럽에 비교조차 할 수 없는 하늘 맑고 물 좋은 금수강산에 살아왔다. 눈이 시리도록 파란 하늘과 찬란한 태양을 바라보면서도 그 흔한 감탄조차 할 줄 몰랐다. 물에 사는 고기들이 물의 고마움을 모르고 땅 위에 사는 동물들이 공기의 고마움을 모르는 것과 마찬가지다. 언제나 찬란한 태양이 머리 위에 빛나고 하늘은 청잣빛으로 가슴을 열어젖혀 우리를 감싸고 있었기 때문이리라.

우리는 역사 이래로 끊임없는 외침에 시달려 왔고, 지배자의 수탈과 폭압에 가슴 저미는 아픔을 한恨으로 승화시켜 살아온 민족이다. 언제나 굶주림과 전쟁으로 편안한 삶을 영위하지 못했고, 늘 전전긍긍한 삶을 살았다. 언제나 먹고 자고 입는 삶의 기본적인 행위조차 불가능한 극한상황의 연속이었다면 지나친 과장일까? 그러기에 자고 나면 간밤의 안녕함이 다행이었을 것은 두말할 나위가 없었을 것이며 밥을 배불리 먹었다면 얼마나 부러운 일이었을까. 그러한 일상에서 "안녕하세요?", "진지 드셨어요?"라는 인사말이 자연스럽게 제자리를 잡은 것으로 보인다.

진실로 이웃을 걱정하고 사랑하는 마음의 발로가 아니면 이러한 인사가 나올 수가 없다. 우리는 어느 민족보다도 이웃을 사랑하고 걱정을 해주었던 다정다감한 민족이었다. 이웃과 더불어 슬픔과 즐거움을 나누고 살아왔으므로 유달리 공동체의식 또한 높았다. 우리말에는 '나'라는 말보다 '우리'라는 말이 두루 통용되고 있다는 현실에서도 알 수가 있다. 일인칭이나 단수, 복수 개념이 분명한 서양 사람들이 이런 말을 듣는다면 기절초풍할 일이다.

만일 나의 아내, 나의 아들을 우리 아내, 우리 아들이라고 했다면 서양 사람들은 뭐라고 생각했겠는가? 세상에 아내와 아들이 어떻게 우리의 것일 수 있느냐고 의아해했을 것임은 두말할 나위가 없다.

그러나 나보다도 이웃을 더 의식하고 살아온 우리네는 오히려 이 말이 훨씬 더 자연스럽다. '동병상련同病相憐'이니, '다정多情도 병病'이라는 말이 두루 쓰인다거나 '이웃사촌'이라는 말이 일상적으로 쓰인다는 현실에서도 이러한 우리의 정서를 읽을 수가 있다.

설령 백 보를 양보한다 하더라도 '좋은 아침'이라는 서양식 인사법은 납득할 수 없는 일이다. 우리 고유의 아름다운 인사말이 있고, 좋은 풍속이 엄연커늘 어쭙잖게 서구식 인사말을 억지로 쓴다는 것은 우습기 짝이 없는 노릇이다. 어리석고 모자란 사람일수록 내 손의 떡보다 남의 떡이 더 커 보인다는 말을 되뇌일 필요도 없다.

해방 이후 물밀듯 밀려온 서구 문물의 홍수 속에 서양적인 것이라면 우리의 동공이 크게 열리고, 우리 것이라면 무조건 쓸모가 없다는 왜곡된 풍조가 만연되었다. 앞다퉈 국적도 의미도 모르는 외국어를 남용해 왔고, 또 그런 사람이 비교우위에 비춰졌다. 이런 풍조가 반세기에 걸쳐 정치, 사회, 문화, 교육 등 모든 분야에서 만연되다 보니 우리 고유의 것을 말하는 사람들이 도리어 이상한 사람이 되기 일쑤였다.

우리말보다는 영어나 불어, 독일어를 쓰는 게 훨씬 더 멋스럽게 보이고 훌륭하게 보이는 세상에 우리가 살아가고 있다. 학위도 국내에서 받은 것보다 다른 나라에서 받아야만 가치 있는 것처럼 보이고, 물건도 국산보다도 외제가 훨씬 가치 있게 보이는, 의식마저 뒤틀린 세상에서 우리가 살고 있다.

얼마 전 매스컴을 통해 큰 충격을 주었던 미국의 '엉터리 박사' 사건이 아직도 우리의 뇌리에 생생하게 남아 있다. 한국대학교육협의

회에서 발간한 『세계주요국박사학위수여대학총람』에 의하면 외국
에서조차 학력 공인을 받지 못한 대학에서 학위를 받은 '가짜 박사'
95명이 우리나라 대학에서 강의를 담당하고 있다고 하니 기가 찰 노
릇이 아닐 수 없다. 어디 이뿐이랴. 심지어는 우리보다 못한 필리핀
과 같은 나라에서 받은 학위마저도 국내 박사보다도 더 낮게 평가되
는 세상이니 더 말해 무엇하랴!

　이러한 미국식 신사대주의新事大主義는 우리의 의식뿐만 아니라,
먹고 입고 자는 일상적인 모든 것들이 이런 사대성에서 벗어나지 못
하게 하고 있다. 패스트 푸드점들이 미국의 그것들마냥 그대로 복제
되어 급속도로 일반화되고, 미국 문화로 대변되다시피 된 청바지도
'게스' 등 여러 상표를 걸고 우리의 젊은 세대들에게 파고 들었다.
더구나 미국의 만화영화나 서부극을 보고 자라온 X세대들이야말로
겉만 한국인이지, 실상은 미국인과 하나도 다를 바가 없다.

　어쨌든 이러한 미국선호적인 사고나 행동양식만은 곤란하다. 제
나라 제 것을 올바로 인식하지도 못하면서 무조건 남의 것만 크게
보이는 착시현상에서 한시바삐 벗어나야 한다. 패전의 잿더미 속에
서도 일본은 자존심을 잃지 아니하고 오늘의 일본을 건설한 그들을
눈여겨볼 일이다. 굳이 외국어에 열을 올리지 아니하고 외국문화를
부러워하지 않는 일본인들이 대단한 민족이라는 생각에 괜히 부아
가 치민다. 같은 몽골리언에다가 조선조까지만 해도 우리나라 문화
를 배워간 그들이기 때문에 이러한 감정은 그만큼 상승되어 느껴지
기 때문이다.

　지금도 그들은 영어를 즐겨 쓰지 아니하고 외국박사보다 자국박

사를 더 훌륭하다고 여기고 있다. 외국인들이 서툴게 구사하는 영어에는 별다른 관심을 보이지도 아니하고 필요하면 당신네들이 일본어를 배우라는 그런 자만스런 생각을 지니고 있는 민족이다.

우리도 일본인 못지아니한 자존심과 자긍심을 고양할 때이다. 괜스레 국적도, 의미도 모르는 외국어를 남용하거나 외제만을 선호하는, 그런 자기비하적인 비굴함에서 벗어났으면 좋겠다. 드라마나 일부 젊은 층에서 사용되는 "좋은 아침!" 이라는 인사를 아무데서나 남발하는 그런 얄팍한 사대적 삶의 자세에서 벗어나야만 하지 않을까? 때가 되면 "점심 드셨나요?"라거나, "저녁 드셨어요?"라는 가벼운 인사말이 얼마나 다정스럽고, 아침이라면 "안녕하세요?"라는 인사말이 얼마나 자연스럽겠느냐는 말이다.

"우리 것이 좋은 것이여!"라는 신토불이의 캐치프레이즈가 뇌리를 스치고 지나간다. 정말로 내 것이 좋고 우리 것이 훌륭하다는 그런 자만심과 자존심을 드높여야 할 때다. 아무리 아름다운 나라나 명승지를 여행한다 하더라도 그것도 몇날 며칠이면 이내 시들해지고, 오막살이 단칸방일지언정 내 집 내 가정이 제일이라는 자신의 경험을 되돌아볼 일이다. 결코 내 손의 떡보다 남의 손의 떡이 클 수는 없다.

(1995)

외제 이름표

퇴근길의 도심을 거닐다 보면 이상李箱의 「날개」 속의 "온갖 유리와 강철과 대리석과 지폐와 잉크가 부글부글 끓고 수선을 떨고 하는 현란을 극한 정오正午의 거리" 같은 문명에 힘이 겨운, 그래서 비틀거리는 길을 지나치게 된다. 엘칸토, 피에르가르뎅, 요넥스, 쁘렝땅, 움베르토세베리…… 국적도 의미도 알 수 없는 이상한 상품과 점포가 즐비한 거리를 지나치면서 혹 내가 이방異邦의 나라를 걷고 있는게 아닌가 하는 착각을 하거나, 세계박람회장에 와 있다는 생각을 할 때가 많다.

같은 상품이라도 값이 비싸야 좋은 상품인 것처럼 인정을 하고, 어느 나라 상품인지조차 알 수 없는 이름표를 붙여야만 인기를 모을 수가 있으며, 나랏글보다 로마자로 표기해야만 더 효과적인 세상이다. 일본 '요넥스'의 경우 상표 도입의 대가로 순매출액 중 5%의 로 열티를 일본에 지불해야 하고, 프랑스 '쁘렝땅'은 연간 20만 달러라 는 거액을 사용료로 내야 한다니 기가 막힐 일이다.

소비자들을 교묘히 이용하려는 기업가들의 얄팍한 상혼商魂에도 문제가 있지만, 무엇보다도 우리 소비자들의 가치의식에 더 큰 문제 가 있는 게 아닐까. 코트 하나에 3, 40만 원 정도는 되어야지 살 만 하다고 생각하거나 와이셔츠 한 장에 3, 4만 원을 주어야 쓸 만하다 는 생각이 언제부터 우리 마음속에 도사리고 있었는지. 확실히 우린 실속은 없으면서 가치기준의 덤핑시대를 살아가고 있다. 수천만 원, 수십억 원이 큰돈이란 생각이 들지 않는 가치 인플레의 홍수가 범람 하는 세상을 살아간다.

주자학朱子學이 들어오면서부터 상검尙儉이 우리의 생활철학으로 정착되면서 우리는 검소를 최상의 생활미학으로 삼아 가난하게 사 는 것을 결코 부끄러워하지 않았다. 우리가 어렸을 적에는 너무 가 난하여 입을 것과 먹을 것이 변변치 못하였다. 난 다행히도 부모 덕 에 그렇게 힘든 소년 시절을 보낸 기억이 없다.

현대에 살고 있는 젊은 세대들은 '보릿고개'라는 말이 무엇인지 잘 모르는 사람이 많지만, 춘궁기 굶주림의 험한 고개를 못 넘기고 허 덕이는 사람들이 많았다. 시골에 살았던 나는 가끔 간식으로 뜨끈뜨 끈한 고구마를 들고 동구 밖으로 나가면 으레 동네 아이들이 우리를 부자라고 부러워했다. 그러면 나는 애써 그게 아니라고 했고, 그것 이 확인되면 나눠주었던 기억이 난다. 「논어」 술이述而편에도 "거친 밥에 찬물 마시고 팔베개를 하고 누워도 그 가운데 즐거움이 있다."

라는 공자의 검소 철학이 담겨 있다. 가난이 결코 부끄러운 일이 아니라는 군자의 도를 우리에게 심어주었다.

지난 1960년대 초반에 새마을사업을 벌이며 잘살아 보자는 운동이 전국을 물결치던 때가 있었다. '좀도리쌀'이라는 근검의 방법으로 허리띠를 졸라맸고, 새마을금고를 만들어 내자동원內資動員에 앞장을 섰다. 그런 탓인지 생활수준이 많이 향상되어 의식주 문제만은 어렵지 않게 되었다.

그러나 요즈음 소비 성향은 분에 넘치다 못해 너무 지나치다는 생각이 들 때가 많다. 특히 도회와 시골을 막론하고 우리나라 여성들의 취향은 지나치게 외제 지향적이다. 외제품이 아닐지라도 외국상표를 도입해야만 직성이 풀리는 모양이다. 똑같은 상품이라도 국적이 어딘지도 모르는 로마자 표기의 이름표를 붙여야만 직성이 풀린다.

우리의 고전에도 중국의 지명이나 인명과 사물에 비유하여 노래한 것들이 많다. 굴원, 이백, 도잠陶潛, 수양산, 당추자唐楸子, 당혜唐鞋, 당목唐木, 당건唐巾, 당묵唐墨 등 식자층의 한시문에도 이러한 것들이 큰 비중을 차지하고 있다. 그러나 숙종대 이후 일어난 서민문학에서는 중국을 사대모화事大慕華하는 시문을 찾아보기 힘들고, 오히려 진솔한 우리 인생 문제를 다룬 것들이 많았다. 사실 '당唐'이 말머리에 붙는 중국산 물건들은 중국을 다녀온 사신이 들여온 것이 아니면 일부 상인들에 의해 밀수입한 적은 것들이었고, 사용하는 계층도 극히 한정되었다.

유행의 첨단을 걷는 프랑스인들은 생각과는 달리 오히려 검소한 생활을 누린다고 한다. 그곳 대학생들은 옷이나 액세서리 등이 우리나라 여대생과는 다르게 그렇게 화려하지도 현란하지도 않다는 거다. 아무것이나 자기의 개성에 맞춰 쓴다고 하니 물질사조에 떠밀려서 개성을 잃어가고 있는 우리들로서는 깊은 자기성찰의 시간을 가져야 하지 않을까 싶다. 짙은 화장을 하고 몸매에 맞지도 않은 이상한 옷을 걸치고 캠퍼스를 거니는 여학생들을 볼 때마다 언제쯤이나 저들이 철이 들까 한심한 생각을 할 때가 많다.

어느 때가 되어야 '요넥스, 피에르가르뎅, 움베르또세베리'라는 외제 이름표가 남발되지 않고, 그것들에 눈을 팔지 않을까. 이제는 우리의 것이 아름답고 훌륭하다는 긍지와 우월감을 가질 때도 된 듯싶다. 그리고 '꼬레아, 꼬레아!'를 외치는 남미 청소년축구 선풍마냥 우리 모두 자랑스럽게 한국인의 자부와 긍지를 심는 주인공이 되어야 하지 않을까 싶다.

(1983년)

어릴 적 소중한 꿈

'찌익 찌익.'

전화벨이 요란하게 울렸다.

"시외전화입니다. 크게 말씀하세요." 교환 아가씨의 낭랑한 목소리가 들렸다. 이어서 아주 가느다란 여자 음성이 들린다. 서울 전화가 이웃집 같았던 전화가 오늘따라 옛날처럼 왜 이렇게 답답한지 모르겠다. 몇 번이나 묻고 나서야 겨우 그 옛날 친구의 동생이라는 사실을 알 수 있었다.

20여 년도 훨씬 전의 이야기다. 함박눈이 펑펑 쏟아져 온 산하가 태고의 정적 같은 저녁나절, 하얀 칼라의 세라복을 입은 예쁜 여학생이 정성스럽게 포장한 소월시집과 봉함편지 한 통을 전해주었다. 그 여학생이 내가 처음 알게 된 여자친구의 동생이란 사실을 알게 된 것은 훨씬 뒤의 일이었다. 그 이후로 그녀는 나를 오빠처럼 따랐고, 가끔 언니의 편지를 전해주는 메신저 역할을 착실히 해주었다.

사실 난 그 나이 적엔 하얀 칼라의 세라복을 입은 여학생을 볼 적마다 경이로운 시선을 쏟아부었고, 그들은 인간이 아닌 하늘의 천사로만 생각되던 시절이었다. 그런 티끌 하나 없는 하얀 마음에 난향 같은 사랑이 켜켜이 쌓여가면서 그것은 나에게 인생에 눈을 뜨게 하는 계기가 되었다.

높은 소나무 가지 사이로 황금 같은 달빛이 흐르는 하늘을 보며 순결한 첫사랑을 배웠다. 내려다뵈는 들녘엔 이슬이 온통 쏟아져 내려 달빛이 내린 밤 세상은 온통 꿈결 같은 은세계였다. 돌아서는 길은 늘 허전하였고, 길섶에 맺힌 찬이슬이 달빛에 우수수 부서져서 발등을 축축하게 적시었다. 그렇게 미래의 인생을 설계하다가 난 전주로 전학을 하였고, 그리고 대학을 다니고 있을 때 그녀가 결혼했다는 소문이 바람에 실려 왔다. 그리고 얼마 후에 서울로 이사했다는 소식을 마지막으로 그녀의 종적은 흔적 없이 묻혀버렸다. 그리고 수많은 세월이 흘렀다.

그리고 몇 해 전, 온 산천이 신록으로 싱그러운 오월 어느 날, 그녀와 단짝이었던 친구한테서 전화가 걸려왔다. 벌써 그녀는 상급 중학생 아들을 둔 중년 부인이 되었는데, 남편은 무엇을 하며 어떻게 살고 있노라고 수다를 떨었다. 그리고 예전에 나와 친하게 지내던 여자친구 소식이 궁금하지 않느냐고 장난을 걸어왔다. 그 이후로 그가 서울에 살고 있다는 거며, 가끔 전주를 거쳐 고향에 간다는 이야기도 전해들을 수 있었다.

어느 해 가을, 서울에 출장을 갔다가 귀향길 버스터미널 대합실에서 참으로 우연히도 그녀와 눈이 마주쳤다. 천만 뜻밖의 조우遭遇였다. 넋을 잃은 사람처럼 한참이나 서로 멍하니 바라만 보았다. 왠지 가슴이 답답하고 말문이 꽉 막혀 할 말을 잃었다. 가까운 다방에 들러 차를 시켜 놓았지만, 차를 마시지 못하는 그녀도 나와 같은 심정이었을 거라고 생각하였다. 그 곱던 얼굴에 주름이 가고 유난히 크고 빛나던 눈동자도 무기력해 보였다. 거센 세파가 그녀를 씻기고 지나간 흔적이 역력하였다. 정말 드라마틱한 극적 해후邂逅라고나 할까.

그렇게 한참이 지나고서야 남편과 자녀의 이야기며 서울에 올라와 고생했던 이야기를 들려주었다. 이젠 먹고 살 만큼 생활의 여유도 얻었고, 행복하게 살아간다는 이야기도 들을 수 있었다. 그리고 중년 부인의 얼굴 위에 청순한 여학생의 모습이 몇 번이나 갈아들어 까닭 없이 서글퍼졌다. 얼마 후 귀향하는 버스에 앉아 차창 밖으로 갈아드는 산천의 모습 위에 고향의 산천을 얹어 놓고 옛날의 꿈동산을 오르내렸다.

그리고 두 번째 그녀를 만난 것은 얼마 후의 일이었다. 그녀 친구에게서 같이 있노라는 전화가 걸려왔다. 부랴부랴 택시를 타고 단숨에 그 다방으로 달려갔다. 옛날 학창 시절의 그 여자친구와 동석을 하고 보니 전과 달리 그녀도 상당히 수다를 많이 떨었다. 남편의 자랑에서부터 아들, 딸 자랑이며, 땅을 얼마나 사두었다는 등 아예 이쪽의 말문을 닫아버리고 한참이나 장황하게 늘어놓았다. 한동안 멍하니 그런 모습을 보면서 만난 걸 후회하였다. 별수 없는 세상의 범부凡婦가 된 그녀의 모습에서 허탈과 서글픔이 한꺼번에 밀려왔다.

두 번째 만남은 무언가 허전했다. 천사처럼 아름답고 소담스런 나의 어릴 적 소중한 꿈이 지금과 너무나 거리감이 크게 느껴졌기 때문이었다. 그 청순한 여학생의 모습은 순식간에 영리만을 좇는 세상의 무덤 속에 묻혀 버렸다. 그도 별수 없는 평범한 세상 여자였다는 것에 이른 건 참 쉬운 일이었다. 꿈만이 아름다우며 꿈꾸고 사는 게 행복이라는 사실도 절절히 깨달았다. 다시 돌아서는 발길이 내내 무거웠다.

(1983년)

이중과세

　해방된 이래 해마다 구정舊正 시비와 이중과세에 대한 문제가 대두되었다. 한때 국회에서까지 시끄럽게 떠들어댔지만, 세계화의 추세에 맞추어 신정으로 쇠자는 걸로 결정되었다. 그러나 올해도 예나 다름없이 구정 귀성객의 수송 대책에 당국은 큰 골치를 앓는 모양이다. 누가 뭐라든 구정인 설날은 공휴公休되지 않은 채 언제나 어김없이 지켜져 왔다.

　그리고 상가는 철시된 채, 도시는 언제나 파한 학교의 운동장처럼 썰렁했다. 관공서는 개문대민開門待民하고 있어도 찾아주는 사람이 없으니 신, 구정 시비는 매양 공전만 거듭한다. 모든 게 서양화되고 과학화되었으니 불합리한 음력설을 쇠는 이중과세는 하지 말자고 아무리 떠들어대도 아무런 소용이 없다.

　혹자는 이러한 까닭을 일제 때 우리의 문화유산을 말살하려 했던 왜놈들에 대한 증오와 적개심 때문이라고 말하기도 한다. 그럴듯한 말인 듯도 싶다. 그러나 무엇보다 중요한 건 유구한 역사 속에 우리 조상의 숨결과 얼이 담긴 우리 고유의 민속명절을 어떤 외부적인 요인이나 규제로 단절시킬 수 없다는 점이다.

가난과 재난 속에서 꿋꿋이 살아오면서도 힘과 부富에 대한 부러움과 동경은 우리의 마음속에 자신도 모르게 이소사대以小事大하는 마음으로 자리잡았다. 해방이 되면서 외래의 풍물도 아무런 비판의식 없이 무조건 수용되었다. 그리고 우리의 것을 하찮게 여기면서 외래적인 것을 최상의 것으로 무조건 우러러보았다. 심지어 국산품에 외국상표가 붙어 외국산으로 둔갑하는 일도 다반사였고, 우리의 글자보다 로마자가 많은 상표를 붙여서 어느 것이 국산이고 어떤 것이 외국산인지 도무지 알 수가 없을 때도 많다.

더구나 중진국으로 발돋움하여 가난과 열등감을 씻고 세계 속의 한국이라고 알고 있는 순진한 어린이들까지 자기가 쓰는 학용품이 외제라고 자랑을 한다니 자못 걱정이 앞선다. 그러나 요즈음은 다행히 외제선호의 풍조가 많이 사라져 국산품을 애용하는 사람이 많다고 한다. 국민의 의식수준도 높아져 우리의 것이 외제보다 훌륭하다는 생각으로 일부 외래품 수입상들이 수입을 기피하고 있는 실정이라니 낭보가 아닐 수 없다. 더구나 사람들은 우리네 조상들의 손때가 묻은 서화나 가구 등에 관심을 가지게 되고, 고풍스런 가재들이 인기를 끌고 있다고 하니 천만다행이다.

이제 우리들도 양복만이 좋은 옷이라고 생각지 아니하고 한복에서도 우리의 멋을 발견할 줄 안다. 그리고 우리 고유의 민속에 대한 우리의 자랑과 긍지를 찾는 그런 의식이 우리네 가슴속에 자라나고 있다. 제아무리 양식이 우리를 매혹한다 하더라도, 우리의 정신유산이 세계에서 가장 훌륭한 것이라는 선민의식이 저마다의 가슴속에 자리하고 있다. 설날이 되면 설빔 때문에 잠을 설치는 순박한 어린이의 꿈이 있고, 조상을 기리는 정성 어린 차례茶禮가 있다. 그리고 웃어른을 경배하는 세배행렬이 줄을 잇는 아름답고 평화로운 정경이 우리의 마음을 적서 준다.

양력과 음력이 어차피 병용될 바엔 중추절仲秋節만 음력 팔월 보름으로 쇨 게 아니라, 설날도 음력으로 쇠게 하여 우리의 정서에 맞는 명절이 되어야 하고 당국에서도 그런 과감한 노력을 해줄 것을 간곡하게 바라고 싶다. 추석은 음력으로 쇠면서 설날만은 양력으로 쇠라는 아이러니는 우스운 일이다.

이제 시대는 새로운 민주복지사회를 건설하자고 관민이 합심 노력하는 새로운 기풍이 일고 있다. 분단 시대에 살고 있는 우리들이 필요악으로만 알았던 밤 12시 통금 사이렌도 이제 풀렸고, 일제의 유산인 까까중머리와 획일적인 교복도 자율화되었다.

우리의 후대들에게 우리네 선인들의 훌륭한 문화유산과 미풍을 가르치며, 무비판적인 외래문화의 수용자세로부터 우리의 것을 되찾고 정립하는 정체성을 일깨워야 한다. 음력 팔월 보름은 한가위 명절이라고 하고, 양력 정월 초하루가 설날이라는 절름발이식 교육을 우리의 후대들에게 더 이상 되풀이하지 않아야 한다. 그리고 이중과세의 비능률과 불합리를 더 이상 지나쳐 버리지 않아야 할 때도 되었다.

(1983년)

아름다운 세상

사람이 사는 사회란 상하좌우의 씨와 날로 짜 가는 피륙 같다. 만약 어느 올 하나가 잘못되어 튀어버리기라도 하면 그 피륙은 아무리 값진 것이라 해도 아무 쓸모가 없게 마련이다. 정말이지 이 씨[緯]와 날[經]이 아주 탄탄하게 짜여 있어야만 제 구실을 할 수가 있다.

그러나 왠지 요즘은 상하의 날도, 좌우의 씨도 없어져 가는 세상이 되는 것 같아 허전할 때가 많다. 선배와 후배의 돈독한 정의[情誼]도 없고, 어른과 아이 사이에 차례라는 전통적 질서의 개념도 희박할 뿐더러 스승과 제자의 돈독한 인간관계도 사라져간다. 이러한 현상들이 별로 피부에 와 닿지 않는 것들로만 생각해온 나에게 지난 한 학기는 여간 가슴 써늘한 게 아니었다. 무슨 바람이 그다지도 심하게 불어댔던지, 우리가 어디에 서고 어디에 앉아야 할지도 몰랐다.

　어느 누군가 우리나라 사람들의 속성을 바위나 척박한 비탈에서
도 뿌리를 깊게 내린 심근성深根性의 낙락장송으로 비유했다. 아무리
바람이 불어도 솔바람 소리는 오히려 한국의 거문고 소리였고, 흐르
는 시냇물 소리는 비파 소리였다. 엄청난 폭설이 내려 눈을 머리에
이고도 꿋꿋하고 의연하게 서 있는 소나무는 아무리 어려워도 변할
줄 모르는 우리의 기상이었다. 그리하여 송백松柏은 선비의 절조節操를
상징하는 것으로 사랑을 받아왔고, 자주 수묵화의 화폭에 담기었다.
　그러나 언제부터인지 이러한 의연하고도 장중한 소나무의 국민성
도 봄바람에 하늘거리는 버드나무로 곧잘 비유되기도 했다. 바람이
부는 방향에 따라 몸통까지 흔들려야 부러지지 않고 살아 존재할 수
있다는 버드나무의 적자생존 논리를 우리가 체득하게 되었다는 이
어령의 글이 가슴을 아리게 한다. 세상을 현명하게 사는 사람들은

대세에 휩쓸려 적응하면서 잘살아 왔고, 그 슬기를 몸에 익혀 익숙해 버린 지도 오래다. 송죽과 같은 굳은 강직함보다는 버드나무와 같은 유들유들한 유연성柔軟性이 현대를 사는 슬기라는 것이다.

그래서 우리나라엔 서구풍西歐風이 그렇게도 거세게 불어닥쳤고, 청탁을 가리기도 전에 쉬이 우리 것으로 체질화되어 버렸다. 그러므로 외양은 분명 한국인의 모습이지만, 생활이며 사고하는 것들은 모두가 서구인이다. 이러한 맹목이 전통적인 상하좌우의 윤리와 벼리[綱]까지도 몽땅 망가뜨려서 우리 스스로를 매몰시켜 버렸다.

참으로 지난 한 학기는 내가 어디에 앉고 어디에 서야 하는지, 방향감각마저 마비돼 버린 너무 지루하고 긴 시간들의 연속이었다. 그리고 너무 성급하고 조급한 탓으로 양극의 언저리에 대립되던 시간들이었다. 그래도 그 많은 채점을 끝내고 성적단표를 제출했으니 그런대로 한 학기가 끝난 셈이다. 그러나 웬일인지 쓸쓸함과 허전함을 가눌 길이 없다. 작년만 해도 종강이 되면 으레 수많은 학생들이 몰려와 그간 수고하였노라고 법석을 떨고, 여기저기서 종강파티의 초청을 해와 여간 번거롭고 귀찮은 일이 아니었다.

그런데 금년엔 그러한 일들이 없다. 다른 교수들도 대학문화의 풍속도가 참 많이 변했다고 했다. 등록금을 암만 냈으니 의당 학점을 받으면 된다는 영악한 회계심리 때문일지도 모른다. 마음 깊숙이 물결쳐 오는 감사의 마음도, 남을 배려하고 고마워하는 의식도 차츰 사라져간다. 나는 네가 있음으로 존재하고, 너는 내가 있음으로 이 세상을 살아간다는 보편적인 연대의식도 사라져버렸다. 모든 게 기계화되고 인스턴트화 돼버리니 남이야 없어도 아쉬울 게 하나도 없다. 무엇이든 손쉽게 척척 해낼 수가 있고, 남의 힘을 빌리지 않아도 해결되는 편리한 세상이다.

옛날은 이웃과 힘을 합하지 않으면 농사일이나 길쌈도 할 수가 없었고, 크고 작은 마을일도 불가능했다. 그러나 지금은 사정이 사뭇 다르다. 요즘 사람들은 이웃이 오히려 거추장스러운 방해물이라고 생각하는 이들도 많은 것 같다. 그리고 남의 일엔 애써 무감각하고 무신경하려는 경향이 강하고, 그것을 오히려 미덕으로 여기는 사람들도 많다.

얼마 전, 이 고장에서도 강도를 당한 주부가 피투성이가 된 채, 도둑의 바짓가랑이를 잡고 늘어지면서 아무리 강도라고 외치고 울부짖는데도 굳게 닫힌 이웃 아파트 문이 끝내 열리지 않았다던 보도를 접한 적이 있다. 서울도 아닌 예향의 도시 전주에서 일어난 사건이라는 사실이 우리를 더욱 서글프게 했다.

요즈음 여대생들에게도 '인간 속의 고독'이란 무서운 현대병을 가끔씩 들을 때가 많다. 친구들에게 무언가 해결의 실마리를 얻을 수 있을까 해서 차마 말 못할 고민을 털어놓아도 "응, 그래?"라는 무성의한 반응만 있을 뿐이라는 것이다. 남을 생각하며 위할 줄도 모르고, 오직 자신만 위함 받으려는 이기적인 생각들로 꽉 차 있다는 거다.

나는 네가 있음으로, 너는 내가 있음으로 존재한다는 상보적相補的인 인간성을 회복할 수는 없는 걸까. 우리 서로 마음의 창을 열고 이웃과 더불어 따스한 정과 사랑이 넘치는 아름다운 세상을 만들어가자. 이제 우리 모두가 상하좌우 씨와 날 질서와 윤리를 바탕으로 나보다 남에게 얼마나 보탬이 되는 삶을 살아야 하는 건지 곰곰이 생각해보자.

(1985년)

5부

산유화

재회의 기쁨

"선생님, 저 ○○예요. 절 기억하시겠어요?"

"응, 그래. 참 오랜만이로구나."

"어떻게 지금까지 절 기억하세요?"

작년 말부터 이런 전화가 간간이 걸려왔다. 서울과 부산, 일본에서까지 전화를 걸어 나의 안부와 근황을 물어왔다. 사실 난 당시 남들이 말하는 갱년기 증상을 심하게 앓던 때였다. 사추기思秋期라고 했던가? 괜히 일상의 삶이 시들해지고 허무하기까지 한데다가 삶에 대한 근본적인 회의까지 일던 때여서 이런 상황은 나에겐 엄청난 활력소가 되었다.

그들은 30여 년 전에 가르쳤던 사랑스런 나의 제자들이었다. 1960

년대 중반, 난 한때 초등계에 근무한 적이 있었다. 칠보로부터 너른 들판을 적시며 흐르는 동진강 가 낮은 구릉에 자리잡은 회룡回龍이란 곳이었다. 노령의 지맥인 그곳은 용이 감도는 형상을 지녔다고 해서 그렇게 붙여진 이름이라 했다.

봄이면 강가 언덕엔 아지랑이가 가물가물 피어오르고, 민들레며 오랑캐꽃들이 흐드러지게 피어서 벌 나비들이 한가로이 날아드는 들판길이 너무도 평화스러웠다. 사시장철 자연의 순리 따라 그 엄연한 섭리를 직접 보고 배울 수 있는, 정말 아름다운 농촌이었다. 다만 의식주를 해결할 수 없었던 가난이 우리를 고통스럽게 했던 그런 시대였다.

그런 곳에서 순진무구한 눈망울을 지닌 소년소녀들을 가르쳐야 하는 난 행복하기도 했지만, 가끔은 고통스러운 일도 있었다. 교과서의 내용 따라 민들레 꽃씨가 하얗게 날아서 번식하는 것도 관찰하고, 산에 올라가 솔방울도 주워야 했다. 그렇게 20대 초반의 젊은 열정을 그들에게 아낌없이 다 쏟아부었다. 그러던 어느 해 11월, 난 집이 가까운 학교로 갑자기 자리를 옮겼고, 얼마 후 논산 훈련소에 입대를 하였다. 그리곤 오랜 세월이 흘렀다.

그러나 세월 저편엔 그 천진스런 눈망울들이 밤하늘의 별처럼 영롱하게 반짝이며 내 뇌리를 떠난 적이 없었다. 이젠 그들도 불혹의 나이대에 들었을 게고, 일가를 이루어 이 사회에서 중견으로 자리매김했을 것이라고만 생각했었다.

그러던 어느 날, 늘상 가슴 언저리에 영상으로만 존재하던 그들이 갑자기 실상으로 내게 다가왔다. 그들의 목소리가 전파에 실려 뜨겁게 전달되었다. 작년 말에 그들은 처음으로 동창회를 열었는데, 그때 서로들 안부를 묻다가 가까스로 나의 근황이 확인되어서 모두에게 전달되었다고 했다. 그 순간만은 타임머신을 타고 시공을 초월하여 우리 모두를 그때 그곳에 모여들게 했다. 하루에도 몇 번씩이나 그런 전화가 걸려올 때가 많았고, 꼭 한번 찾아와 만나고 싶다고도 했다.

급기야 일주일이 멀다 않고 서울에서 크게 사업을 한다는 현이와 강재가 전주에 내려왔다. 그리고 이곳의 친구들을 불러 놓고 날 초대했다. 그들 모두가 어엿한 중년 신사나 중년 부인이 되어 있어서 한참이나 그들의 얼굴을 뜯어본 연후에야 겨우 알 수 있는 제자도 있었다. 너무도 오랜만에 재회의 기쁨을 만끽할 수 있었던 행복한 순간들이었다. 어느덧 우리들은 60년대 중반으로 돌아가 밤이 깊어 가는 줄도 모르고 그 시절의 이야기꽃을 피웠다.

그러기에 우리의 옛 선인들은 "개똥밭에 굴러도 이승이 저승보다 낫다."라고 했다던가. 이때만큼 교직에 몸담기를 잘했다고 생각해 본적이 없다. 집에 돌아와 잠자리에 들면서도 교직에 몸담았던 게 참 잘한 일이라고 아내에게 말하였더니 아내 역시 덩달아 입맞춤해 주었다.

그렇지만 마음 저편엔 한 줄기 두려움이 소롯이 일기도 했다. 혹시나 그 시절 젊은 혈기로 과욕이 넘쳐 어린 가슴을 멍들게 하지 않았을까 하는 걱정 때문이었다. 그러나 그러한 걱정도 잠시였다. 내일은 부산에서 자야가, 서울에서 순이가 내려와 찾아뵙겠다는 전화가 걸려왔다. 한번만이라도 만나 뵈어야만 직성이 풀리겠다는 심사였다. 올 여름방학 때가 되면 모교에서 동창회를 연다고 했으니 그

때 만나자고 했지만 막무가내였다. 더구나 홀몸도 아닌데다가 명에
지워진 일들이 얼마나 많은가 말이다. 하지만 결국 일정이 잡혀졌고
재회의 날이 다가왔다.

고속터미널 근처에 있는 커피숍에 도착했노라는 전화가 연구실로
걸려왔다. 얼마나 많이 변했을까 이런저런 생각을 하면서 다방 문을
열고 들어섰다. 그들이 일어나 반기었다. 열두셋의 어린 소녀들이
중년이 다 되어 내 앞에 나타났다. 한참이나 그들을 쳐다보았지만
천진난만했던 그 소녀들의 모습을 그 중년의 얼굴에서 찾아보기가
어려웠다.

정말 인생이 무상타더니 이를 두고 하는 말인가! 그들은 너무도
많이 변해 있었다. 눈가에는 벌써 잔주름이 역력했고, 중년의 멋이
물씬 풍겨나고 있었다. 순식간에 30년이란 시공時空의 간극이 이런
것이런가 라는 상념이 머리를 스치고 지나간다.

지난날, 어린 시절의 이야기에 밤이 깊어가는 줄도 몰랐지만 오랜
세월 속에 묻혀버린 젊음과 아름다움만은 되돌릴 순 없었다. 정말
우리 인생은 허무한 존재이고 무상한 것인가? 돌아서서 집으로 향하
는 발걸음이 결코 가볍지가 않았다. 서편에 기울어진 초승달이 오히
려 을씨년스럽다. 밤공기가 오늘따라 유난히도 싸늘하게 가슴팍을
파고든다.

(1996)

찍기 인생

해마다 이맘때만 되면 무력함과 태만으로 불만과 회한에 젖게 된다. 올해도 연례적으로 찾아오는 이러한 감정이 결코 예외일 순 없다. 언제나 세밑에 밀려드는 이런 아쉬운 마음으로 새해가 떠오르면 다시 또 빈틈없는 계획을 세우고 굳은 결의를 하게 된다. 오늘도 두 장 남은 달력을 뜯으면서 크게 클로즈업되는 '1985'와 '12'라는 숫자에 가슴이 답답해진다.

벌겋게 달아오른 석유난로 위엔 물주전자가 증기를 힘차게 내뿜으면서 내 마음을 조인다. 창 너머 우뚝 솟은 모악산은 하얀 눈을 머리에 이고 속세의 우리들을 조용히 응시하고 있다. 몇천 년, 몇만 년이 지나도 그 모양 그 모습으로 우리를 포용하고 있는 것이다.

천 년 전 후백제를 세웠던 견훤의 이야기도, 맏아들 신검神劍에 의

해 금산사金山寺에 유폐되었던 가슴 아픈 패륜의 옛애기들도 다 묻어
두고 있다. 지금 그 거창한 역사적 사실을 묻어둔 채, 아무렇지 않다
는 표정으로 속세의 우리들을 묵묵히 지켜보고 있다. 누가 요산요수
樂山樂水라 했던가.

산이 좋아 산에서 살고, 물이 좋아 물가에서 산다는 은일군자隱逸
君子의 모습은 우리 고전문학의 한 양식으로 우리 앞에 드러내놓았
다. 그렇다. 속세의 아귀다툼에서 벗어나 살 수 있는 건, 어머니 품
속 같은 자연밖에 없나 보다. 머루랑 다래랑 먹고 청산에 살고 싶노
라고 노래했던 「청산별곡」도 그렇다.

세파에 씻겨 마음이 아릴 땐 늘 고향의 산천이 눈시울 뜨겁도록
그리워진다. 마음은 늘 텃밭 울타리 가를 맴돌고, 꽁꽁 언 논배미 가
를 벗어나지 못한다. 울타리에 얹혀 맺혀 있는 밤톨만 한 호박에 말
뚝을 박았다고 종아리가 피멍이 들도록 어머니께 회초리를 맞던 생
각이 가끔씩 눈앞을 아른거리는 건 웬일일까?

지나간 날들이 회상되면서 자꾸만 아름답게 채색되어 가는 건 분
명히 나이가 들어가는 징조인 듯싶다. 뒤돌아볼 것 없이 앞만 보고
살아오던 내가 왠지 자신감이 떨어지고 자꾸만 망설여지는 까닭은
영락없이 그런 연유밖에 없을 것 같다.

재질도 없으면서 대학강단을 지키겠노라 덥석 뛰어들었던 내가 어
쩌면 그렇게도 무모했는지 모른다. 남에게 뒤지지 않을 학자적인 재
능도 없고, 후진을 올바르게 가르칠 수 있는 교육자적인 자질도 모자
라니 갈수록 자신이 없어지는 것도 무리가 아니다. 시대도 많이 변해
버려 예 같지 않고, 학생도 한 해가 다르게 차이가 크게 난다. 더구나

금년엔 전국의 대학가가 데모니, 소요騷擾니 하여 학생지도라는 교수의 또 하나의 역할이 그 어느 것보다 중시되는 시대에 살고 있다.

우리는 교직원 버스로 출퇴근을 한다. 하지만 어쩌다 이 버스를 놓치기라도 하면 하는 수 없이 학생버스를 이용해야만 한다. 빈자리라도 있으면 다행이지만, 그렇지 못할 경우엔 서서 가는 경우가 많다. 버티어 앉아 있는 학생보다 서서 가는 교수가 오히려 미안하고 불편해진다. 가끔씩 무거운 책가방을 받아주겠다는 학생들의 선심(?)에 기가 질린다.

장유유서라 했던가? '어른과 아이는 차례가 있다.'는 이 오륜의 도리를 이제는 찾아보기도 힘들다. 요즘 젊은이들은 어른이나 젊은이가 다를 게 뭐가 있냐는 평등의 자유를 만끽하면서 살아간다. 선생도 학생도 이러한 원리로 차례가 없고 똑같다고 생각하는 젊은이들이 넘쳐나는 세상이다.

해방 이후 반세기 가까운 미국 민주주의는 이 땅의 정치, 사회, 경제, 교육제도의 전범典範으로 자리잡았다. 5천 년이나 되는 거목의 전통을 뿌리째 뽑아버린 채 양식洋式만이 최선의 방법처럼 보편화되었다. 지금 대학생들이 선택성 사고의 틀을 벗어나지 못하고 있는 것도 좋은 본보기다.

언젠가 야간강의를 마치고 밤늦게 스쿨버스에 올랐을 때의 일이다.

"이번 MT는 참 재미있었던 것 같애."

"응, 서로를 이해하는 데 아주 좋았던 것 같애."

젊은 남녀 학생들이 주고받는 말이었다. 요즘 젊은이들의 대화 가운데 두드러지게 나타나는 현상은 말끝마다 'ㅇㅇ 같애.' 'ㅇㅇ 같아

요.’ 라는 말이 압도적으로 많다. 늘 이런 말을 들을 때마다 ‘어쩌면 젊은이들이 패기도, 용기도, 자신도 저리 없을까?’ ‘아마 과보호 탓이겠지.’ 라는 생각을 하고 몹시 씁쓸해했다. 오늘만은 그냥 넘기지 않기로 작정하고 옆에 앉은 여학생에게 물어보았다.

“이봐! 왜 요즘 젊은이들은 말끝마다 자신도 패기도 없는 말툰가? 젊은이답게 ‘이거다.’ ‘아니다.’라고 분명히 말할 순 없어?”

이러한 나의 당혹스런 질문에 잠시 머뭇거리더니

“글쎄요, 교수님. 저희는 의식하지 못했는데, 참 좋은 지적이시네요.”

“가만히 생각해보니 저희 세대는 초등학교 시절부터 대학에 들어올 때까지 사지선다형시험 땜에 ‘찍기’ 인생으로 길들여진 탓인 것 같아요.”

이 말을 듣는 순간 정신이 아뜩하였다. 무분별하게 서구의 것만을 최상의 가치기준에 두고 이 땅에 이식한 우리네 기성세대의 책임이라는 생각으로 어쩐지 자꾸만 어둡고 서글퍼졌다. 지금도 늦지 않았다. 무분별하고도 무책임한 서구지향적인 사고로부터 이젠 벗어나야 한다. 반만년 이룩해 온 고유한 우리의 전통에 아름다운 서구식을 이양하여 접목시키는 혜안慧眼도 있어야만 한다. 이제 우리는 우리 본디 얼굴의 모습을 그릴 수 있어야만 하지 않을까!

(1985년)

참 좋은 선물

몇 해 전의 일로 기억된다. 정초에 스승께 인사차 들렀던 때의 일이다. 언제 보아도 그 방은 사방이 책으로 둘러 있는데 그것도 부족하여 공간이 있는 곳에는 책상이나 바닥을 막론하고 아무데나 책들로 꽉 차 있어 숨이 막힌다. 그렇지만 늘 아늑하고 고풍스런 인상을 풍기는 방이다.

그분은 언제나 그 속에 묻혀 무엇인가 부지런히 쓰고 있었다. 아마 기일이 지난 청탁원고에 밀려 그렇게 분주하리라고 생각하면서 넌지시 여쭈어 보았다. 의외로 연하年賀인사에 일일이 답하는 중이라 했다. 그러고 보니 책상 위에 산더미처럼 연하장들이 쌓여 있고, 태지苔紙에다 일일이 덕담을 쓰고 서명과 낙관을 하고 있었다.

"아유, 이렇게 많은 걸 제자들한테도 일일이 답하십니까?"

"물론이지, 일 년에 한 번 있는 일인 걸."

이러한 대답을 듣고 난 너무나 겸연쩍어 얼굴을 들기가 부끄러웠다. 십수 년 전 교직에 몸담을 무렵부터 성탄카드며, 연하장이며, 방학 안부편지 등을 곧잘 받아왔다. 그러나 스승이랍시고 그런 일들을 예삿일로 보아넘기거나, 응당 해야 할 학생들의 도리려니 생각하면서 지나쳐 버리기 일쑤였다. 지금 생각해보니 얼마나 오만하고 무례한 짓이었는지 얼굴이 달아오른다. 여중생 조카애가 성탄 축하엽서를 담임선생님께 보낸 후부터 초인종을 누르면 대문간까지 뛰어갔다가 몇 번이고 풀이 빠진 모습으로 되돌아섰다던 이야기를 들은 일도 생각이 났다. 물론 그 이후 몇 주일이 지나도 그 담임선생님의 회답은 영영 오지 않았다고 했다.

연하는 가멸찬 덕담으로부터 시작된다. 서양 교육론이 들어온 이후부터 질책보다는 칭찬이 훨씬 교육적이라고 하여 군국주의식 왜놈교육이 수정을 보인 건 물론 해방 뒤의 일이었다. 우리가 어렸을 적엔 이웃집 어른들께 세배를 드리면 으레 세병歲餠이 나오고 '올핸 고뿔 한 번 하지 말고 씩씩하게 자라거라.', '귀엽게 생겼구나, 그놈 장차 큰 일 하겠다.' 는 등 정감어린 덕담을 많이 듣고 자랐다. 그리고 어쩌다 세뱃돈까지 받는 날이면 하늘을 날듯이 기뻤다. 그게 좋아서 온 동네를 신명나게 한바퀴 돌았고, 이웃 먼 동네의 외가댁까지 세배를 다녔던 기억이 어제인 듯 새롭다.

그러나 세상이 크게 변하였다. 따스한 인정보다는 물질의 이해타산에 훨씬 더 영악하고 그렇게 사는 게 현명한 세상이 되었다. 그래서 인정도 곧잘 물질로 가늠하게 되고, 인스턴트화 되기가 일쑤다.

더욱이 인쇄술이 발달하다 보니 정성을 들여야 할 연하장지年賀狀紙
도 곧잘 시중의 화려한 연하장으로 대신하는 사람들도 많다. 연말연
시엔 거리가 온통 화려하고 예쁜 연하장과 크리스마스카드와 캐럴
로 마치 축제를 벌이듯 활기가 넘친다. 연하엽서도 얼마든지 구입할
수도 있고, 이름 석 자까지도 대량으로 인쇄하여 몇백 통을 다량으
로 보낼 수도 있다.

　교단을 오래 지킨 탓에 올해도 2백여 통이 넘는 연하를 주고받았
다. 연하의 스타일도 실로 천차만별이다. 온 정성이 담긴 것이 있는
가 하면 기성의 카드에 사인도 하지 않은 무성의한 것도 많다. 기
인쇄된 덕담을 그대로 이용하고 이름자까지 인쇄한 연하장을 대할
땐 반가움보다는 역겨움이 앞선다. 사회적으로 활동 범위가 넓어 수
백 통, 수천 통을 보내야 하는 명사들은 그렇다고 치더라도, 그렇지
않은 사람들의 연하장을 대할 때는 기가 막혀 말문이 막힌다.

　'차라리 보내지나 말지.

　아예 받지나 않았으면 좋았을 것을……'

　이 생각 저 생각으로 그날 하루를 온통 우울하게 보낸 적도 있다.
'바쁜 세상이기 때문이겠지.'라고 스스로 자위를 해 보지만, 연하를
보낼 땐 최소한 한 번쯤 받는 사람의 얼굴을 떠올리지 않는 건 아무
런 의미가 없다고 힘주어 말하던 스승의 모습이 자꾸만 머리를 스치
고 지나간다.

　어찌했건 스승의 그 훌륭한 모습을 본 이후로부터 아무리 많은 연
하장이 쌓이더라도 하얀 한지 위에 보낸 이의 얼굴을 떠올리면서 몇
마디씩 덕담을 써서 보내는 습성을 기르고 있다. 힘들고 귀찮은 고

역이다. 그러나 무성의하고 불쾌한 연하일수록 더욱 정성스럽게 무슨 덕담을 쓸까 골몰한다. 그러한 탓인지 며칠 전에 한 여학생에게서 예쁜 동양화가 있는 달력과 함께 깨알같이 정성스럽게 쓴 편지 한 통을 받았다.

'……교수님, 이건 제가 서울에서 가져온 달력인데 그 한국화 그림이 교수님 댁 어디엔가 걸어두면 퍽 어울릴 것 같아 보내드립니다.

아빠는 너무 늦었고, 제가 보내드리지 않아도 많을 거라고 하였지만.

그리고 교수님께서 띄워 보내주신 덕담과 분에 넘치는 과찬 너무도 감사합니다. 보살펴 주심과 노고, 그 엄청난 채무를 갚을 길이 없을 것 같아요.

교수님, 대리석 빛 하늘에서도 항상 건강하시고 즐거운 나날 보내시기를 빌고 빕니다.

안녕히 계십시오.'

이렇게 정성스러운, 그리고 진실성 있는 편지를 받는 일도 흔치 않은 일이다. 세상이 어려워져가니 인정의 샘도 메말라가고, 더구나 스승과 제자 사이의 정도 퇴색되기 쉬운 세상이다. 오늘 갑자甲子 새해 첫날에 난 참 좋은 선물과 연하와 편지를 받았다. 아직도 훈훈하고 아름다운 인정이 우리네 가슴속에 남아 있다는 안도감과 행복감이 새해 아침에 가슴으로 물결쳐 온다. 하루빨리 개강하는 날, 이 좋은 소식들을 여러 학생들에게 이야기해야겠다. 그리고 참 인생이란 이렇게 아름다운 마음과 정성이 있어야 한다고 꼭 역설해야겠다.

(1984년)

좋은 사람

사람, 사람, 사람. 세상에는 사람들이 하고많다. 별의별 사람들이 씨와 올로 짜여진 베 폭처럼 사회를 이루고 있다. 사람이란 '살다.'라는 용언에서 근원한다. 조금만 생각해보면 '살'이란 어간에서 '살림', '살이', '삶', '사람'이란 말이 파생되었다는 것에 이를 수 있다. 이렇게 보면 사람은 '살아가는 존재' 그 주체다.

사람은 누구에게나 한번 주어진 일회성의 유한한 존재다. 사람이 어떻게 살아야 하는가는 중요한 철학적인 명제다. 좋은 사람은 늘 아름답게 생각하고 멋있는 삶을 영위할 줄 안다. 이웃을 살필 줄도 알고, 도울 줄도 알며, 더불어 사는 지혜도 지니고 있다.

맹자는 이상적인 인간상을 대장부 ―현대적으로 리더라 할 수 있을 것 같다.― 라 하여 다음 세 가지로 요약하고 있다. 대장부는 첫째, 부富와 귀貴에 마음을 뺏겨 더럽지淫 않아야 하고, 둘째, 빈貧하고

천賤하다 해도 가벼이 움직여서도移 안 되며, 셋째, 무기로 위협하더라도(위무; 威武) 옳지 않으면 굴屈하지 않아야 한다는 말이다. 참여정부가 들어서면서 모두 8명의 명망 있는 인사들이 우수수 낙마를 했는데 그 중 올해 벽두부터 부귀에 눈먼 4명의 장관이 불명예스럽게 요직에서 물러났다. 이런 철없고 한심한 명사들을 보면서 좋은 사람이 얼마나 절실한 세상인가 새삼스러워진다.

홍만종은 『순오지』에서 산傘자와 상爽자의 파자破字풀이를 통해 리더로서 좋은 사람을 다음과 같이 풀어냈다. 악정공이 하공과 술을 나누면서 '우산 산傘'자에는 모두 5사람이 있는데 위의 큰 사람은 복이 많아 아래의 여러 사람들이 떠받든다고 하였다.

이를 현대적으로 보면 위의 큰 좋은 사람[人]은 자신이 우산이 되어 온갖 비바람을 막아주기 때문에 아래의 여러 사람들이 편안하게 살 수 있는 것으로도 해석된다. 또 '시원할 상爽'자도 큰 사람[大]에게는 곁에 여러 중소인들이 따른다는 것이다. 이를 두고 '수양산 그늘이 강동 팔십 리에 이른다.'고 하는 게 아닐까 싶다.

세상에는 좋은 사람이 많아야 한다. 쓸모 있는, 참 좋은 사람들이 많아야 한다는 게다. 그래야만 그런 사람들이 이 사회에 몸 바쳐 이바지함으로써 정말 살 만한 아름다운 세상을 가꾸어가지 않을까. 맹자가 말한 그런 대장부가 많고, 홍만종이 풀이한 '우산 산'자와 '시원할 상'자와 같은 좋은 사람들이 많았으면 좋겠다. 너도 나도 좋은 사람, 참 좋은 당신이 되었으면 좋겠다. 정말이지 그런 사람들이 넘쳐나서 우리가 사는 사회가 진정 신명나는 세상이 되었으면 얼마나 좋을까?

(2004년)

교정의 느티나무

　연구실 밖 산야에선 매미와 쓰르라미가 목을 길게 늘이고 한낮의 폭염에 항거하고 있다. 작열하는 태양이 온 대지를 불태우듯 연일 맹위를 떨친다. 정말 참 더운 날씨다. 사람들은 연일 최고기온의 기록이 경신된다고 야단들이다.

　어느 곳은 37도가 넘었다고 하고, 어디 어디는 수십 년 만의 폭서라느니, 열대야의 극성으로 잠을 이룰 수 없다고들 난리다. 우리나라 최고기온은 대구지방이라는 것은 교과서에 나와 있는 사실인데, 우리 전주가 최고를 기록할 때가 많으니 이건 분명 틀림없는 자연이변이다. 언젠가 대구에서는 명철한 시장이 나와 시내 중심을 흐르는 냇물을 자연하천으로 정화하고 나무를 많이 심은 덕분에 그런 역사적 불명예를 씻었다고 했다. 그러나 최근 전주는 경관이 좋은 천변이나 산기슭에 무작정 고층 아파트들이 경쟁적으로 들어섰다. 자연히 낮바람과 밤바람의 자연 순환로의 숨통을 막아 하나님의 순리를 거역했으니 그건 당연한 하늘의 천벌임이 틀림이 없다.

더위가 이렇게 기승을 부리면 우리 조상들은 초복이다, 중복이다 하면서 계절의 매듭을 정해놓고 그 복더위를 피하는 묘책으로 보신탕을 만들어 먹는 독특한 피서음식문화를 이루어왔다. 조선 정조조에 홍석모洪錫謨가 쓴 『동국세시기』유월 복일伏日조를 보면 이날을 '팽구위갱 이조양烹狗爲羹 以助陽'이라 하여 더위를 이겨왔다고 기록하고 있다. 복날에는 개를 잡아서 삶아 가지고 국을 끓여서 양기陽氣를 북돋아야만 더위를 이긴다는 것이다. 개와 함께 먹고 자면서 생활해 온 서구 유럽인들의 눈으로는 그런 우리들이 천하에 둘도 없는 야만인이라는 생각이 들 테지만 말이다.

그러나 이건 분명 문화와 전통의 차이일 뿐이다. 섣불리 유럽인들의 자국 중심주의적인 척도로 세계 각국의 다양한 문화를 독단적으로 재단하여 가타부타할 일이 아니다. 유럽에는 유럽을 이끌어온 유럽 중심의 문화가 있고, 한국은 한국 나름의 독특한 문화와 전통이 있는 법이다. 아무리 세계화니, 국제화라고 떠들어대도 그 나름의 전통과 문화를 간과할 수는 없다. 더구나 다른 나라의 독특한 문화를 제 나름의 고유성을 배제한 채 천편일률적인 척도로 함부로 측정, 재단하거나 전제專制해서도 아니 된다.

각설却說하고,

삼복더위! 천하 영장이라는 인간들일지라도 그 무지막지한 살인적 더위에 무릎을 꿇을 수밖에 없다는 게 복더위다. 그 더위를 나타내는 복伏자를 보면 참 희한하다는 생각이 든다. 사람[시과 개[犬]가 합쳐져서 이루어진 글자이니 삼복더위야말로 사람도, 개도 어찌할 수 없다는 건지, 아니면 사람이 개를 잡아먹지 않고서는 피할 수 없다는 건지 알 수가 없다.

하지만 이런 삼복더위가 기승을 떨면 난 언제나 아련한 고향생각에 깊게 빠져든다. 몇백 년이나 되었는지 그 수령조차 알 수 없는 한 쌍의 느티나무가 하늘을 찌를 듯이 솟아있는 내 고향 초등학교의 교정으로 나의 마음은 날아간다. 무슨 국경일 행사가 있는 전날이거나 음악시간이 되면 으레 우리들은 그 느티나무 그늘에 모여 앉아 곧잘 노래연습을 하였다. 아이들이 우르르 모여들면 느티나무 그늘 아래는 한동안 왁자지껄해진다. 그러면 이내 그렇게 목청을 돋우던 매미며 쓰르라미들도 잠시 놀라 울음을 뚝 그친다. 그러다가도 아이들의 시끄럽게 떠드는 소리가 그치면 언제 그랬더냐는 듯이 '쓰르람 쓰르람', '매앰 맴' 우렁차게 울어댔다.

산 위에서 부는 바람 시원한 바람
그 바람은 좋은 바람 고마운 바람
(중략)
이마에 흐른 땀을 씻어 준대요

지금 이 나이가 되어도 선생님의 풍금 반주에 맞춰서 일제히 붕어 입을 하고 불러댔던 이런 동요 속으로 아련히 빠져들 때가 많다. 학교가 파하면 계집아이들은 삼삼오오 그 느티나무 그늘에 모여 앉아

공기놀이를 하고, 사내들은 고누를 두거나 둥개(풍뎅이)를 잡아다가 목을 비틀어서 마당 쓸기에 여념이 없었다.

언제나 느티나무 그늘 아래는 아이들이 모여들어 재미있는 놀이를 즐기고 더위를 식힐 수 있는 그런 휴식의 공간이었다. 그 느티나무가 어찌나 컸던지 우리들은 그 둘레가 열두 발이 된다거나 열네 발이 넘는다고 열을 올렸다. 그러던 우리들은 모두들 대처로 나가 아수라장 같은 생존경쟁의 삶터에서 흡사 전쟁 같은 치열한 삶을 살았다. 지금은 다시 돌아와 그 고즈넉한 초등학교 품속에 안겨보아도 가슴 깊숙이 밀물처럼 느껴오던 시린 허랑감을 가눌 길 없다.

세상에서 제일 큰 나무로 알았던 그 느티나무가 왜 그리도 왜소하게 보이고, 그렇게도 드넓었던 운동장이 어찌 그리 좁게만 느껴지는지. 코흘리개 소년소녀들이 이젠 장성하여 어른이 된 탓일까? 그 옛날 병아리 떼들이 노닐던 마당처럼 시끌벅적하던 그 시골 초등학교 교정이 쓸쓸하리만큼 고즈넉하다. 겨우 2, 3학년생 같은 어린아이들 서너 명이 운동장에서 공놀이를 하고 있을 뿐이다.

철부지 소년이었던 내가 이순耳順의 나이를 바라보며 세파에 찌든 몸으로 찾았던 교정의 그 느티나무 그늘은 너무도 커다란 서글픔으로 내게 다가왔다. 50여 년 전 그 느티나무 그늘에 앉아서 세월의 간극을 셈해 보았다. 정말 인생은 무상한 존재요, 거대한 그 자연의 순리를 어쩔 수 없는 미물에 불과함을 어쩌랴 싶다.

무상과 허무에 젖어 지난날들을 되돌아본다. 맹수에 쫓겨 허위허위 달아나다 한숨 쉬고 되돌아보던 한 마리의 토끼가 되어서. 세상에 존재하는 것이 모두 헛것이요, 헛것은 곧 실재하는 것이라는 부처의 진리가 바로 여기에 있음을 어쩌랴.

(1997년)

사랑하는 ○군

며칠 전까지 몰아치던 비바람도 멎었다. 창문을 열어젖히니 온통 붉게 타는 복사꽃이 환한 미소를 던지는 듯하구나. 창 너머 멀리 들판에서는 농사일을 시작하는 한가로운 농촌의 모습이 펼쳐지니 여기가 대학이라기보다 내 어릴 적 고향 같다는 생각에 빠져든다.

모처럼 화창한 봄 날씨다. 우리 선인들이 즐겨 썼던 말처럼 참으로 춘삼월 호시절인 것 같다. 하지만 밖의 현실은 어둡기만 하고 마음마저도 얼어붙을 것만 같은 것은 웬일일까. 며칠 전 일간신문에서 교수들의 시국선언문을 보면서 내 이름은 발견할 수 없었다던 자네의 편지를 읽고 마음이 뭉클했다.

그때 난 극심한 갈등과 고뇌 속에 빠져 있었을 때였다. 늘 휑한 텅 빈 가슴으로 일상적인 것들이 시원찮아 보이는 것은 웬일인지 모르겠다. 인간이 본디 고독한 존재이기 때문일까? 아니면 끝없이 일어나는 하염없는 상념 때문일까? 때론 보고픈 사람들이 눈에 어른거리고, 하고 싶은 이야기가 산처럼 쌓여도 이 또한 다 부질없는 세사世事려니 생각하면, 본디 만물은 공空이라는 불가의 철학이 진리인가 싶어진다.

며칠 전에는 과 교수들과 함께 천잠산에 올랐다가 아무렇게나 내팽개쳐진 통정대부 모씨의 묘비를 보고는 이상한 감회에 빠지기도 하였다. 봉분도, 개석도, 상석이나 망주석도 전혀 찾을 길 없이 밭으로 일구어졌기 때문이다.

제아무리 살아생전 큰소리를 떵떵 치고, 높은 자리에 앉아 온갖 영화를 누렸다 해도 모두가 무가치한 것들이라는 생각이 내 가슴을 짓눌렀다. 돌멩이나 쇠붙이에 자신의 공적을 아무리 깊게 새겨 놓는다 해도 그 어느 것 하나 영원할 수 없고, 부질없다는 만고의 순리를 다시금 대하는 것만 같았다.

우린 잘 다듬어진 어느 묘지 앞 양지바른 곳에 자리를 잡고 온 산 가득히 만개한 진달래 꽃잎을 따서 소주잔에 띄워 한 잔 한 잔을 나누었다. 문장 이야기며, 술 이야기며, 세상 돌아가는 이야기가 오갔다. 더러는 냉소적으로, 때로는 자조적으로 우리 스스로를 한탄하기도 했다.

옛날 우리네 선인들은 진달래꽃을 정오품화正五品花라 하였다. 대저 유독 진달래꽃은 춥고 그늘진 북향받이에 즐겨 피는 것만 보아도 선비들이 좋아할 만한 꽃이려니 하는 생각이 든다. 그뿐만 아니다. 진달래를 두견화라고도 이름 한 것처럼 이 꽃은 두견새와도 깊은 관련이 있다. 하니 진달래꽃은 애당초 원怨과 한恨으로 응어리진 꽃이다.

고려 의종 때 과정瓜亭 정서鄭敍가 질시와 모함에 견디다 못해 귀양 간 고향 동래東萊에서 임금의 소명召命을 기다리며 노래한「정과정곡」으로부터 소월의「진달래꽃」에 이르기까지 피 맺힌 한이 서린 꽃이 바로 이 진달래꽃이 아닌가.

> 내님을 그리워하여
> 울며 지내었더니
> 산 접동새 나와 비슷합니다
> …
> …
>
> 영변에 약산
> 진달래꽃
> 아름 따다 가실 길에
> 뿌리오리다. …

정서鄭敍의 한과 소쩍새의 한을 등가적等價的인 위치에 두었지만, 정서의 한이 피를 토하는 경지로 상승하고 있지 않던가. 소월에게도 작중화자를 대신하여 이별의 한을 꽃을 흩뿌리는 산화공덕散花功德의 경지로 끌어올리고 있음을 발견할 수가 있다. 다시 말하면 이별의 한이 한으로 한정되지 아니하고 지순지고至純至高한 사랑으로 상승되고 있다는 말이다.

기름진 곳보다는 척박한 비탈진 땅을 즐기고, 양지바른 곳보다는 그늘진 추운 장소를 더 좋아하는 진달래를 일러 왜 정오품화라고 하는지 가히 짐작할 만 하다. 세상 어느 꽃보다도 진귀하고 청초한 진달래.

온 산야가 붉게 탄다. 정말이지 영변의 약산 진달래가 이보다 더 아름다웠을까, 싶다. 진달래꽃을 바라보며 이런 저런 세상 이야기며 오늘날 대학의 문제점들을 모처럼 허심탄회하게 풀어놓았었다.

우린 세상에 둔감한 일이 너무나 많다. 신문의 활자만 믿으며 텔레비전의 한정된 화면에 우리의 시각이 고정 되어가고 우리의 생각마저 미라가 되어 간다. 마음이 없으면 보아도 보이질 않고, 들어도 들리지 않는다는 말이 이러한 지경을 이르는 말인가 보다.

사랑하는 ○군!

자네가 회의에 젖는 것처럼 조국이 뭔지, 민주가 뭐고 또 자유가 무엇인지를 나 역시 몇 번이고 되뇌어 볼 때가 많았다. 그뿐만 아니라 어떻게 사는 길이 옳은 길이며 세상을 제대로 살아가는 것인가라는 회의에 젖는 때가 많았다. 그럴 때마다 난 우리 후진들에게는 정의네, 진리네, 이야기하면서도 스스로의 행동이 뒤따르지 못하는 옹졸함에 부끄러웠다. 그러면서도 그러한 자조적인 생각에서 지금도 벗어나지 못하는 자신을 달리 어떻게 생각해야 할지….

창 밖에 개구리 울음소리가 귓가를 스치니 오늘은 콧잔등이 시리도록 더욱 고향 생각이 인다. 이 담에 다시 또 쓰기로 하고 이만 넋두리 하련다. 세상이 아무리 고달파도 오늘 밤은 고운 꿈 엮길 바란다.

(1987년)

첫눈

첫눈이 내렸다. 눈이 내리면 어른 아이 할 것 없이 누구나 마음이 들뜨고 설렌다. 티끌 하나 없는 그 고결한 기품 때문인지, 아니면 봄, 여름, 가을에서 느끼지 못한 천지의 조화 때문인가. 이런 날이면 어딘가 멀리 여행이라도 떠나고 싶어진다.

우린 아름다운 설경을 가슴으로 받아 보자고 무작정 지리산으로 향하였다. 좁은목에 들어서니 온통 새하얗게 단장한 산들이 우리를 탄성으로 내닫게 하면서 다가섰다가 물러나곤 한다.

진달래가 붉게 타오르는 걸 시샘이라도 하듯 뿌연 물안개 피어오르는 새봄이 오는가 싶으면 어느새 새로움과 싱그러움이 윤기 찰찰 흐르는 신록의 초여름이 펼쳐진다. 마지막 생명의 불꽃을 피우듯 단풍으로 붉게 토해내는 가을은 또 어떤가. 정말 사시사철 그 어느 계절 하나 아름답고 신비롭지 아니한 때가 없다. 하지만 세상을 다 덮어버리기라도 할 것처럼 쏟아내린 이 겨울눈이 연출해내는 이 비경秘境을 어디에 견줄 수 있을까?

시간이 흐르면 흐를수록 차창에 갈아드는 설경이 장관이다. 관촌을 지나니 눈발이 하나둘씩 흩날린다. 문득 가슴 언저리에 앙금처럼 남아 있는 올봄의 가슴앓이가 오버랩 된다. 이 무슨 짓궂은 장난인가?

역사에서만 있어 왔던 중상과 모략이 학문의 전당이라는 대학에서 공공연히 활개를 치다니. 아무런 잘못이 없는데도 공안학원을 만들어 하루아침에 해직교수로 만들어버린 그런 새빨간 공작工作이 대명천지 대학사회에서 버젓이 이루어진다는 건 참으로 슬픈 일이다.

정의와 진리를 양대 기둥으로 삼아야 한다는 대학에서 이 기상천외한 모함과 공작이 실재한다는 건 막다른 절망이요, 처절한 슬픔이다. 한 점 잘못이 없는 줄 번연히 알면서도 질곡桎梏을 채워 담금질하고 낙인烙印을 찍는 해괴한 일들이 이 벌건 대낮에 대학에서 횡행하다니, 지성을 가장한 인간처럼 추하고 더러운 존재가 또 어디 있을까 싶다.

"강자가 약자를 억압하는 상황에서는 자유와 평화란 말이 빈말로 느껴진다."라는 요산 김정한의 말이 이런 것인가 싶어진다. 그러기에 돈 주앙의 작자 바이런도 이런 것들을 두고 "그들은 적막을 만들어 놓고 그것을 평화라 불렀다."라고 말한 게 아닐까. 제발 교언巧言과 영색슈色으로 스스로를 위장하고 상황에 따라 색깔을 바꾸며 살아가는 그런 얄팍한 잔꾀를 자신의 지혜로 만족하는 우愚를 범하지 않았으면 좋겠다.

이토록 아름다운 자연의 축복 속에 하필이면 그런 추악한 인간의 모습이 대비되어 나타나는 건 무슨 장난이람.

눈 덮인 겨울 산하는 정말 눈이 시도록 아름답다. 인간들이 흉내조차 낼 수 없는 이 아름다움이란 도대체 어디로부터 오는 걸까? 이는 아무래도 시간의 진행에 따라, 계절의 변화에 따라 진솔하게 자신을 드러내는 순리의 이법理法이 빚어내는 결과이리라.

그러기에 우리 선인들은 인간의 이런 한계를 절감하고, 자연의 품속에 안겨 산수를 사랑했는지 모른다. 현실을 치열하게 살아오면서 이렇게 추한 것들이 난무하는 세상을 체험했던 사람일수록 강호에 묻혀 거기서 위안을 얻으려 했을 것이라는 생각이 든다.

산과 물은 말하지 않는다. 오직 침묵으로만 자신을 대변할 뿐이다. 실오라기 하나 걸치지 아니한 적나라赤裸裸한 자신의 진면목을 우리 앞에 말없이 보여준다. 자신을 아름답게 치장하거나 각색하지 않는다. 봄, 여름, 가을, 겨울 어느 계절이랄 것 없이 꾸밈없이 드러내는 모습. 그 모습이야말로 가장 화려한 모습이 아닐까?

이런저런 생각에 잠겨 있노라니 벌써 낯익은 지리산 휴게소다. 눈발이 흩날리는 허공 속에 몇백 년 간이나 의연하게 우뚝 서 있는 장송이 우리를 반긴다. 우린 따끈한 커피 한 잔씩을 주문했다. 하얗게 피어오르는 커피 향기 너머 안개에 휩싸인 지리산 산등성이가 황소처럼 누워 있다. 언제 보아도 지리산은 따뜻한 어머니 품속 같은 아늑한 느낌을 준다.

잠시 한숨을 돌리고 곧바로 인월㕜月을 거쳐 지리산 길에 들어섰다. 언제 보아도 낯설지 않고 얼마든지 우리를 포근하게 감싸줄 것 같은 정감어린 산천이 우리를 반가이 맞는다. 온통 하늘도 산야도 모두 눈 천지다. 그야말로 설산雪山이요, 설천雪川이요, 설송雪松이다. 어느 명장名匠이 있어 이렇게 아름다운 절경을 조각할 수 있고, 세상에 어떤 화공畵工이 있어 이렇게 아름다운 설경을 화폭에 담아 낼 수 있을까? 이 세상 그 어떤 디자이너도 분명 이토록 아름다운 순백의 옷을 마름질할 수는 없으리라.

금방이라도 굶주림에 지친 토끼나 노루가 우리 앞에 나타나 눈물을 글썽일 것만 같다. 우린 전설 속의 나무꾼과 선녀가 된 것 같은 착각에 빠져들곤 하였다. 가도 가도 산과 나무와 냇물과 우리뿐, 오가는 인적人跡도 그쳐 적막하기 이를 데 없다.

얼마쯤 오르노라니 눈 속에 갇힌 마을이 보인다. 달궁達宮이다. 이제 더 이상 나갈 수도 없다. 그야말로 우리 인간이 닿을 수 있는 막바지 길, 달궁達窮이다. 사계절 붐비는 도회지와는 대조적으로 길 따라 늘어선 가게들이 문을 꼭꼭 걸어 잠근 채 적막하기 이를 데 없다. 인적도 끊기고 나는 새도 그쳤다는 당나라 시인 유종원의 「강설江雪」이란 시구가 머릿속을 퍼뜩 스치고 지나간다.

길갓집 문을 두드려 약주 한 잔을 주문했다. 정지된 화면이 고요와 적막을 깨뜨리고 비로소 다시 시작되는 것 같았다. 잠시 후 산더덕구이 한 접시에 장빛 더덕주가 소반에 받쳐 나왔다. 양념에 버물인 더덕 향이 코끝을 자극하면서 구미를 돋운다. 맛깔스럽다며 건네는 동반한 친구의 권주도 아름답거니와 눈발보다 청순한 사랑이 오히려 눈 시리도록 아름답다.

「산중문답」을 했다던 이백의 시심이 이런 것이려니 하는 생각이 든다. 어찌하여 산에 사냐고 물었더니 미소만 머금은 채 아무 말이 없었노라던 그 달인達人의 심사 말이다. 세사世事에 쫓기며 생채기 난 마음을 티끌 하나 없는 진솔한 자연에 묻어 놓고 어루만지고 치유했던 선인들의 심정을 어렴풋이나마 짐작할 수 있을 것만 같다.

(1989년)

6부

벼리의 힘줄

새봄, 화사한 선물

지난겨울은 나에게만은 참으로 어둡고 침울한 긴 계절이었다. 병약부실한 난 불행하게도 또 ㅇ병원에 입원을 해야 했고, 그 지루하고 지겨운 병상을 고통스럽게 지켜내야만 했다.

평소 즐겨듣던 그리그의 「페르퀸트 귀향」 중 「솔베이지송」이 FM을 타고 내 심금을 울리니 더욱 처량해지고 서글퍼진다. 오늘의 이 선율은 평소보다 야릇한 감각으로 나를 더욱 어두운 동굴로 끌어들였다. 더운 라디에이터의 열기가 창문을 뽀얗게 가리어 시계를 흐려놓는다.

어린애마냥 손으로 유리창을 닦아 보니 하얀 눈으로 덮인 건너편 산비탈이 내 앞에 다가든다. 언덕바지에서는 두서너 아이들이 썰매를 지치고 있다. 한참 그들을 바라다보다가 내 어릴 적 모습이 오버랩되어 눈앞을 갈아들었다.

우리가 어렸을 땐 무척이나 가난했다. 더구나 6 · 25 동란을 겪은 터라 입을 옷이 없고, 먹을 것도 모자라 헐벗고 굶주린 사람들이 많았다. 모든 게 모자란 우리들은 무엇이나 맛있게 잘 먹었고, 그런대로 건강하게 어린 시절을 보냈다.

한번은 어머니께서 검정 물을 들인 광목에 정성스럽게 솜까지 넣어 누벼서 바지를 손수 지어 주었다. 동네 아이들에게 자랑도 할 겸 썰매를 어깨에 메고 동구 밖 얼음 논으로 나갔다. 서너 명의 친구들이 얼음을 지치고 있었고, 나도 신나게 썰매를 타고 넓은 얼음판을 한바퀴 돌아올 무렵이었다.

그때 그만 벼 벤 그루터기에 걸려 넘어지는 바람에 썰매는 앞으로 밀려 나가고 나는 그대로 엉덩방아를 찧으며 넘어지고 말았다. 얼음이 깨지면서 어머니가 곱게 만들어 준 누비바지가 온통 흙탕물에 젖어 버렸다. 어머니의 꾸지람은 말할 나위 없으려니와 발가벗기운 채 아랫목 이불 속에 하루 종일 갇혀 지내야 했다.

요즈음도 가끔가끔 그때의 추억이 내 머리를 스치고 지날 때면 혼자 쓴웃음을 지을 때가 많다. 앞만 보고 욕심스레 살아오던 내가 어렸을 적 기억이 자꾸 되살아나는 건 역시 나이가 쌓여 가는 탓인가 보다. 아침 밥상머리에 앉아 있는 철없는 어린아이들에게 이런 이야기를 들려주었더니 "아버지는 빠졌다네. 얼라리 꼴라리 얼라리 꼴라리."라고 리듬에 맞춰 손뼉을 치며 놀려댔다.

그러던 맏이가 올해는 초등학교에 입학하였다. 입학한 지 채 일주일도 안 된 어느 날 밤, 야간 강의를 마치고 집에 돌아와 보니 아들 녀석이 좁은 가슴을 헐떡거리면서 숨을 제대로 쉬지를 못했다. 가슴이 철렁 내려앉았다. 그리고 온 세상이 캄캄했다. 그날 밤 두 번씩이나 병원을 다녀왔지만, 오늘 밤을 잘 넘겨야 한다던 의사의 말이 내 마음을 더 아프게 했다. 차라리 내가 대신 아파 주었으면 하는 안타까움으로, 숨 막힐 듯한 긴장과 초조로 그날 밤을 하얗게 밝혔다.

예로부터 부모의 상喪을 하늘이 무너지는 고통이라 비유했지만, 자식이 병마에 괴로워하는 이런 상황은 세상 어디에도 비길 수 없는 엄청난 고통이다. 천근만근 무거운 쇳덩이가 내 가슴을 짓눌렀다. 자식의 사랑과 부모에 대한 사랑을 천칭저울에 달아 수치로 나타낸다면 난 하늘을 쳐다볼 수 없는 천하의 불효자식일 수밖에 없다. 참으로 '내리사랑'이란 이런 걸 두고 이르는 것인가 보다.

그날 밤은 거의 뜬눈으로 날을 새우고 아내에게 병원에 데리고 가도록 부탁하고 내키지 않는 출근길에 올랐다. 곧바로 아내로부터 당장 입원을 시켜야 한다는 전화가 걸려왔다. 순간 전신을 가눌 수 없이 힘이 쑤욱 빠졌다. 그리고 밤새 잠을 이루지 못하고 괴로워하던 어린것의 모습이 자꾸 머리에 떠올랐다. 밤 열 시가 넘어서야 야간 강의를 마치고 병원으로 달려가 입원한 아이를 보았다.

공교롭게도 얼마 전 내가 입원했던 낯익은 그 병실, 그 병상에 링거를 꽂고 횡한 동공을 굴리며 나를 반겼다. 왈칵 뜨거운 것이 복받쳐 올랐다. 그리고 내가 모시고 있는 어머니 생각이 머리를 스치고 지나갔다. 당신께서 우리를 이렇게 길러주셨는데 나는 당신께 이런 마음의 만분지 일이라도 했을까, 자문하면서 부끄러운 자신을 돌아다보았다. 그래서 '치사랑'이란 말이 없고 '내리사랑'이란 말이 있는가 보다.

장자莊子는 삶과 죽음, 궁색함과 현달함, 목숨의 길고 짧음이 하나

같다 했다. 불가에서 말하는 모든 게 무상無常이요, 헛것이라는 말과 다르지 않다는 생각이 들었다. 인간의 모든 것이 무상이요, 쓸모 없는 공空이라는 도道. 이건 우리들 범인으로서는 엄두도 내지 못할 참 진리다. 삶과 죽음, 이 대조적 관념이 주는 의미를 얼마나 깊이 생각하고 체험해 보았던가?

인간은 결국 자연으로부터 와서 자연으로 돌아가고 말 것을. 한 순간, 찰나에 지나지 않을 삶 속에서 희로애락, 생로병사로 하여 우리들은 얼마나 마음 아파하고 괴로워했던가. 그리고 이런 질곡에서 벗어날 길이 무얼까 얼마나 골똘했던가.

그러나 봄은 연년이 같은 모습으로 오고 있다. 참으로 답답하고 지루한 겨울의 터널을 지나 두세 평 남짓한 내 좁은 서재에도 봄은 정녕코 오고 있다. 군자란도 아름다운 꽃망울을 터뜨리며 나를 반긴다. 겨울잠에서 깬 개나리가 만개하기도 전에, 벌써 뜨락의 목련은 두터운 갑옷을 터뜨리고 화사한 모습으로 우리 앞에 다가든다.

이제 머지않아 초등학교에 갓 들어간 우리 꼬마 녀석에게도 화사하고 풍요로운 봄이 찾아오겠지. 그리고 속한 차도가 있어 퇴원의 그날이 멀지 않겠지. 그리하여 희망찬 새봄의 화사한 선물로 우리 방 안을 온통 따스한 봄빛이 가득 채워주겠지.

(1983년)

예전엔 정말 왜 몰랐을까

하나님은 참으로 오묘하게도 인간을 창조해냈다. 나이가 들어가면서 스스로 깨닫기도 하고, 보고 들으면서 배우기도 한다. 그리고 인간들이 만든 교육제도에 묶어놓고 전문적인 것들을 가르침을 통해 익히기도 한다. 그렇지만 평생을 배우고 또 배워도 죽을 때까지 깨닫거나 알지 못하는 것들도 많다. 그래서 살아 있는 동안 변변한 벼슬 하나 못하고 죽은 사람의 묘비에는 하나같이 '학생'이라고 쓰는 까닭이 여기에 있나 보다.

난 요즘 스스로 깨닫고 알게 되는 일이 참으로 많다는 걸 느끼며 산다. 하나하나 알고 깨달아가면서 세상살이에 재미를 느끼게 되는 것도 한두 가지가 아니다. '눈에 넣어도 아프지 않을 만큼 예쁘다.'는 말도 외손자 손녀를 보면서 알 것 같고, 몸소 체험하지 않고서는 세상사를 알 수 없다는 것도 알 것만 같다.

시집간 딸애가 아이를 낳고 힘겹게 살아가는 모습을 보고 속으로 내심 안쓰러웠다. 그러면서도 그런 과정을 거쳐야 부모 심정도 깨닫게 되고, 철이 드는 법이라고 일러 왔다. 그런데 어느 날 우연히 딸애의 홈페이지를 열어보고 내 마음이 찡하게 울렸다.

유모차가 아니면, 아이를 등에 업은 엄마가
백화점에, 마트에, 시장바닥에 왜 나오는지,
그것이 그나마 그가 누릴 수 있는
유일한 외출의 기회이고,
기분전환이라는 걸
난 예전엔 미처 몰랐네.

울고불고 보채는 아이를
무릎에 앉히고 달래면서
정신을 차릴 수 없을 만큼 힘들어도
굳이 외식을 하는 건
그렇게라도 남편과 기분 전환하지 않고선
다시 일주일을 버텨낼 힘이 없다는 걸
난 정말 미처 몰랐네.

화장기 없는 맨얼굴에
머리는 하나같이 뒤로 질끈 동여매고
우유와 침으로 얼룩진 옷을 입는 것은
그들이 결코 게을러서가 아니라

미처 신경쓸 정신적 여유가 없어서라는 걸
예전엔 미처 몰랐네.

정말 너무 힘들고 괴로워서
어떤 날엔 일상에서 훌쩍 도망가고 싶은데도
온 세상이 환하도록
밝게 웃는 보물 같은 아이가 있어
그런 감정이 눈 녹듯 사라진다는 걸
예전엔 정말 몰랐네.

이것은 딸애가 아이를 낳고 기르면서 홈피에 내걸었던 글이다. 그렇다. 인생이란 자신이 스스로 체험하지 않고선 알 수가 없다. 안다면 그저 관념적 해석에 그친다고 해야 옳다. 말이야 역지사지易地思之라고들 하지만, 몸소 절절히 체험하지 않고서는 그 가장자리에도 이를 수 없는 게 우리의 인생이다. 그래서 우리 속언에도 '홀아비 심정 과부가 알고, 과부 심정 홀아비가 안다.'고 하였던가. 정말 하나님의 섭리는 오묘하기가 이를 데 없다.

꼭 18년 전의 일이다. 민주화의 열기가 대학가를 열병처럼 휩쓸고 지나갈 때가 있었다. 내가 봉직했던 우리 대학에서도 교수협의회를 창립하고 대학민주화를 외칠 때, 나도 그 선봉에 서서 혼신의 힘을 쏟았다. 그 여파로 하루아침에 해직이 되고, 보아도 보이질 않고, 들어도 들리지 않으며, 먹어도 맛을 알 수 없는 삼불삼매三不三昧의 참담한 불행을 몸소 겪던 때가 있었다.

참으로 견디기 힘든 그런 상황 속에서 아내는 걱정을 같이하면서도 밤이 되면 금세 잠에 곯아떨어지기 일쑤였다. 그런 그를 보면서 '그래야지, 당신까지 잠을 이루지 못한다면 내가 그 고통을 어찌 감당할 수 있겠냐.'면서 오히려 감사해했다. 하지만 아내와 내가 똑같이 잠을 이루지 못한다면 그 고통은 몇 곱절이나 배가할 것이라고 생각을 하면서도 내심 서운한 생각을 떨치기가 어려웠다.

직접 체험하지 않으면서도 그러한 심정이나 정황에 이른다면 정말 인간은 세상에서 가장 불행한 존재일 수밖에 없을 것이다. 언필칭 부부를 일심동체라고들 말하지만, 그건 정말 관념적이고도 피상적인 해석에 불과할 뿐이다. 어떤 부부라도 고통과 아픔을 똑같이 공유할 수는 없다. 그게 하나님의 오묘한 섭리다. 그래서 우리 인간은 어떤 고통도 참고 망각하면서 세상을 살아갈 수가 있는 게 아닐까 싶다.

만일 어느 한쪽이 불치의 병에 걸려 신음한다면 상대방은 지레 그보다 더한 고통의 늪에 빠져 허우적거리다가 하늘이 준 천수天壽를 다하지 못하고 생을 먼저 마감할 수밖에 없을 것이다. 정말 인간은 자기 스스로 체험하지 않고는 그 고통을 알 수 없는 참으로 우매한 동물이다. 예쁨도, 미움도, 아픔도, 자기가 겪어보지 않고는 그것이 어떤 것인지 느끼지 못한다. 이것이 하나님이 우리 인간들에게 준 엄청난 선물이다.

난 요즘 온 세상이 환하도록 밝게 웃어주는, 세상에서 제일 귀중한 보석을 둘씩이나 거느리는 행복을 누리고 있다. 눈에 넣어도 결코 아프지 않을 예쁜 외손자, 손녀의 재롱 속에 갇혀 산다. 자식을 기를 때는 결코 알 수 없었던, 말할 수 없는 그런 즐거움이 이 가운데 있다.

이순耳順을 넘긴 나이에 이르러 인생의 희로애락의 참 의미를 느끼며 살아간다. 그리고 나이가 들면 왜 귀가 부드러워지는 이순이 되고, 눈이 어두워 세상을 대충 보아 넘기게 되었는지도 어렴풋이 알 것 같다. 나이를 먹은 만큼 세상을 곱게 보아 넘기게 되고, 듣는 것도 놓치기 일쑤여서 세상사 그냥 더불어 살아가도록 만든 하나님의 조화造化가 참으로 신비롭기만 하다.

그래야만 하나님이 인간에게 허여許與해 준 천수를 다할 수 있지 않을까 싶다. 나이 들어서도 젊은 날처럼 복잡한 세상사 다 듣고 보면서 이것저것 간섭을 한다면 늙은이 필경 망령났다고 핀잔받을 게 분명하다. 그래 말자. 자그만 일 환하게 보면서 쓸데없는 간섭도 말고, 듣지 않을 일 들으면서 못된 망령 부리지도 말자. 그저 나이답게 하나님의 뜻을 깨달아 가면서 한 세상 살아보자. 이렇게 단순한 세상사를 난 예전엔 정말 왜 몰랐을까.

(2006년)

어느 휴일의 이변

우리 집엔 아직 초등학교에 들어가기 전엔 딸아이가 있다. 제 오빠와는 달리 모든 면에 섬세하고 예리한 점이 많아 우리 집과 마을에서도 온통 귀여움을 독차지하고 있다. 일상의 세계에도 무관심하게 그냥 지나쳐버리지 않는다. 자신의 머리 모양에서부터 옷매무새까지 여간 신경을 쓰지 않고 심지어 부모의 세계까지 관심을 갖는다.

으레 넥타이를 새로 하거나 제 엄마가 미장원에라도 다녀오면 "아빠, 넥타이 멋져!", "엄마, 내 머리도 파마해 줘."라고 재치 있게 응석을 떤다. 그렇게 귀염을 떨던 그 애가 하루는 배가 아프다고 응석을 부렸다. 대개 그 나이 적엔 주위의 관심을 끌기 위해 가끔 있음직한 일이어서 배를 문질러서 곧 낫는다고 다독거려주고 소화제 몇 알을 먹여 재웠다.

그 이튿날은 일요일이어서 느지막이 아침상을 맞았는데 딸애가 다시 배가 아프다고 꾀병을 부렸다. 봄부터 가끔 있어온 일이라 밥을 먹기 싫어하는 요즘 어린이의 호사스런 응석이려니 하고 대수롭잖게 보아 넘겼다. 그런데 저녁나절은 아예 자리에 누워 일어나지도 못했다. 열도 오르고 얼굴이 창백한데 자꾸 토할 것 같다고 했다.

들음들음 안 선지식으로 배를 만져보니 맹장염 같았지만, '설마 어린 것이?' 하면서도 여간 걱정이 아니었다. 요즘은 일요일이면 시내 의원이 모두 휴무상태라 부랴부랴 친지며 친구들에게 여기저기 전화를 해보았지만, 역시 모두 진료를 하지 않았다. 공교롭게도 그날은 시내 의사회에서 야유회를 갔다니 속수무책이란 이럴 때 두고 한 말인가 싶었다.

그러나 잠시 뇌리를 번득 스치고 지나치는 게 있었다. 3년 전 봄, 내가 몹시 병약하여 삶과 죽음을 맴돌 때 ㄱ내과에 간 적이 있었다. 원장은 회갑을 넘겼어도 항상 인자한 모습으로 어려운 환자들에게는 치료비를 받지 않고 진료해주는 인술仁術로 유명한 분이다. 본디 그런 숭고한 사명의식 속에 한평생을 거룩하게 사신 분으로 지난날 ㅈ대학장까지 지내기도 하셨다.

나의 파리한 모습을 보고 깜짝 놀라더니 진중하게 진찰을 마치고는 장이 약간 나빠졌기 때문이니 아무런 걱정을 말라고 따뜻하게 위안해 주었다. 워낙 종합병원에서부터 시내 내과와 한의원까지 여러 달 동안 돌아다녔던 터라, 반신반의하면서 그분의 뜻을 따랐다. 하루, 이틀이 지나 일주일이 채 되기도 전에 기적 같은 일이 일어났다. 죽도 제대로 먹지 못하고 늘 코피만 쏟던 내가 차츰 밥맛이 나고 생기가 돌았다.

달포가 지나 어느 정도 원기를 회복하였을 때, 그분은 나에게 수술을 권하였다. 맹장이 장에 유착되어 내과치료로는 완치가 안 된다는 거였다. 그리하여 ㅊ외과에서 개복수술을 받았다. 맹장이 초식동물마냥 길고 장에 유착되어서 수술시간이 더뎠다는 유머러스한 의사의 말이 내 귀를 스쳤다.

오늘은 그 ㄱ내과에 가면 딸의 진찰을 받을 수 있을 것 같았다. 휴진 날이었지만 허겁지겁 그 병원에 도착하여 예상대로 진찰을 받았다. 급성맹장이니 빨리 외과수술을 받아야 한다고 했다. 이 어린 아이에게 메스를 대어야 하고 수술의 고통을 주어야 한다니 눈앞이 캄캄하였다. 곧바로 ㅇ병원 응급실로 달려갔다. 휴일인데도 응급환자로 하여 시장 바닥처럼 혼잡하기 이를 데 없었다.

들어서자마자 소독 냄새와 온갖 악취가 뒤범벅되어 코를 찔렀다. 고통에 못 이겨 신음하는 사람, 머리가 터져 피를 흘리는 사람, 약을 먹고 의식을 잃은 사람, 희미한 형광불빛에 더욱 창백한 모습을 하고 허공을 응시하는 사람, 의사와 간호사들이 이리저리 뛰는 모습 등 이 세상 온갖 고통과 어려움을 한꺼번에 담아놓은 것 같은 아수라장이다. 지옥이 따로 있는 게 아니라 여기가 영락없이 유황이 펄펄 끓는 연옥煉獄이라는 생각이 들었다.

워낙 병원 문턱이 닳도록 익숙하게 드나든 나였지만, 이날만은 더욱 생소하고 어설픈 생각이 온몸을 에워쌌다. 마음은 조급하고 안절부절못하는데 두 시간, 세 시간이 흘러도 X-레이 사진 몇 장과 몇 가지 검사만 이루어질 뿐, 좀체 다른 상황으로 바뀌지 않았다. 인턴 같은 젊은 당직의사만이 여기저기 전화를 하는 걸 보면 수술을 맡을 의사를 수배하고 있는 듯했다.

초조한 시간이 얼마쯤 지났을까? 자정이 지나고서야 수술실로 실려갔다. 순식간에 수술실 앞에서 우리는 떠밀쳐지면서 어린애는 수술실 안으로 빨려들어갔다. 왠지 이 세상 끝에 서 있는 것처럼 마음을 쥐어 짜며 바윗덩이처럼 무거운 그 무엇이 가슴을 육중하게 짓눌렀다. 갑자기 소스라치게 놀라는 비명 같은 울음소리가 터지는 것 같았다. 조바심하던 애엄마가 수술실 문 앞을 몇 번이고 서성이며 건너다보니 의사들과 도란도란 이야기를 주고받더라고 했다.

오랜 시간이 흐른 것 같아 시계를 보니 겨우 5분밖에 지나지 않았다. 일상의 시간 개념이 상황에 따라 이렇게 차이가 있을 수 있다니. 얼마간의 시간이 흘렀을까. "세연이 보호자!" 하는 소리가 귓전을 울렸다. 시계를 보니 새벽 한 시가 넘었다. 한걸음에 회복실에 달려가 보니 코와 입에 온갖 호스를 꽂고 차디찬 손발을 부들부들 떨고 있었다. 영락없이 어릴 적 개구리를 잡아 내동댕이치면 사지를 부르르 떨던 개구리 그 모습이었다. 이 세상 끝이 우리 애 앞에 당도한 것 같은 두려움이 전신을 엄습해 왔다.

그 밤을 두려움과 공포로 하얗게 밝혔다. 그 춥고 어두운 밤의 창가에 어둠의 여신이 물러가고 창 너머 집들이 아침 안개 속에 하나둘 그 모습을 드러낼 때쯤 우리 딸애는 의식을 회복하였다. 모기만 한 소리로 "엄마!"라고 부르고 도로 눈을 감는다. '이제는 살았나 보다.'라는 안도의 한숨을 돌리고 담당의사에게 몇 번이고 감사하다는 인사를 했다.

내가 입원했을 때 병원 침대에 누워 있던 나를 보고 아빠는 좋겠다고 부러운(?) 눈을 보내던 그 애가 이젠 그 자리에 누워 있다. 제법 응석을 부리며 배시시 웃기까지 한다. '금식'이기 때문에 제 엄마는 입원실에서 식사를 못한다고 한다. 한 번은 무의식중에 식사를 했더니 유난히도 큰 눈망울에 눈물이 고이고 금방 울음을 터뜨리더란다.

며칠 뒤 퇴근길에 입원실에 들어갔더니 담당의사가 퇴원하면 먹고 싶은 것들을 있는 대로 써 보라고 했다며 조그만 쪽지에 가득 메운 쪽지를 나에게 보여주었다. 퇴원하거든 얼마든지 사줄 테니 간호사와 의사선생의 말씀을 잘 들으라고 몇 번이고 당부를 하고 병원문을 나섰다.

상쾌한 바람이 얼굴을 스친다. 나도 모르게 하늘을 쳐다보며 몇 번이고 감사하다는 말을 되뇌이면서 가파른 언덕길을 내려왔다. 늦가을 저녁 바람이 한결 산뜻하고 시원했다. 초등학교 시절 노트며, 사탕을 준다며 시골교회에 몰려가던 천진난만한 어린 시절의 옛 모습이 눈앞에 어른거려 웃음이 저절로 나온다. 어느 틈엔가 나도 모르게 '주여! 우리에게 일용할 양식을 주옵시고, 우리를 시험에 들지 말게 하옵시며…….'라는 주기도문을 중얼대고 있었다.

(1983년)

무한대의 내리사랑

부모에게 있어 자식이란 존재는 무엇인가? 부모와 자식이라는 천륜적天倫的 관계는 도대체 무엇일까. 무수히 자문자답을 해보아도 납득될 만한 해답이 떠오르질 않는다. 부모와 자식, 형과 아우라는 이 혈연적 관계가 이 세상 모든 것들을 우선할 수 있는 절대적인 것인가. 과연 살이라도 대신 베어주고, 죽음이라도 대신할 수 있는 그런 것일까. 때론 자식 때문에 희망이 넘치고, 때론 자식 때문에 절망하는 게 이 세상 부모들이란 말인가.

난 요즘 대학입시에 낙방한 아들 녀석 때문에 무던히도 가슴앓이를 했다. 수능시험을 보고 온 아들의 표정을 살펴야 했던 내 꼴이 어찌나 한심스러웠는지……. 대학별 본고사를 치렀던 날도 역시 그랬다. 대뜸 무슨 시험이 그러냐고 볼멘소리가 터져 나왔다.

수학문제가 고등학교 2학년 수준도 안 된다는 거였다. 아들 녀석 말을 그대로 믿을 수는 없지만, 변별력이 그 정도라면 대학에서 시험을 치는 까닭이 무엇이란 말인가. 우리나라의 고등학생들이 대학에 들어가려면 이레저레 이중 삼중의 뼈아픈 고통에 시달려야 한다. 내신 성적을 관리하랴, 수능시험을 준비하랴, 대학별 고사까지 대비해야 하는 형편이고 보면 그들이 얼마나 정신적으로 시달려야 하는지 안타깝기 그지없다.

이런 시련은 자식들에게만 한정된 문제가 아니다. 부모들이 받는 고통과 시련은 자식들의 그것보다 훨씬 더 심하다는 것이 차라리 옳다. 소위 '고3병'은 자식들이 앓아야 하는 중병임엔 틀림없지만, 부모들이 더 심하게 앓는 경우가 허다하다. 다행히 자식의 적성과 능력대로 지망하는 대학에 들어간다면 참으로 행복한 일이지만, 그렇지 못할 경우엔 부모들이 받는 고통과 시련은 이 세상 그 무엇으로도 대신할 수 없다.

엊그제 난 난생처음 유학이랍시고 아들 녀석을 천리타향 서울에 떼놓고 내려왔다. 하숙방에 책이며 이불 보따리를 풀어놓고 밖에 나가 점심을 먹인 후, 몇 가지 일용품을 사주었다. 시켜놓은 밥은 반절도 비우지 않았다. 입이 유달리 짧은 데다가 난생처음 제 부모와 생이별을 해야 하니 갠들 오죽했으랴 싶다. 얼마 후면 사고무친四顧無親 서울 땅에 아들만을 남겨두고 떠나야 하는 아내는 마냥 마음이 놓이지 않는지 당부하는 것들이 끝이 없다. 정말 애간장이 녹는 이러한 쓰라린 체험은 하지 않았어야 했다.

세계에서도 찾아보기 힘든 이런 입시와 교육제도는 우리나라만의 것이라 해도 하나도 지나칠 것이 없다. 일 년이면 얼마나 많은 젊은 이들이 이런 고통을 극복하지 못하고 정신병동을 드나들며, 또 죽음의 나락에 빠져들어 쓸쓸한 영혼으로 사라져갔는가? 자신들의 고통도 고통이려니와 부모들이 받아야 하는 고통은 또 어떻고.

이런 교육제도에 지레 겁을 먹은 부모들은 미주나 호주로 아예 이민의 길을 선택하여 '영광의 탈출'을 시도해 버리는 경우도 우리의 주위에서 어렵지 않게 찾아볼 수 있다. 미국으로 아들을 유학 보낸 이웃이 그렇고, 아예 뉴질랜드로 이민을 가버린 나의 셋째 처남도 그렇다.

우리 내외는 아들과 차마 헤어지기가 어려웠지만, 고속도로 통행이 복잡한 토요일 오후라 서둘러 떠나야만 했다. 하는 수 없이 아들을 하숙집이 가까운 곳에 내려놓았다.

"아들, 난 널 믿는다."

"……."

"잘 가세요."

저도 목이 메이는지 제대로 말을 잇질 못했다. 차에서 내려 인도에 서자마자, 얼굴을 하늘로 치켜올리는 아들의 모습이 자동차 백미러에 비쳤다. 흡사 물 한 모금 마시고 하늘 한 번 쳐다보는 처량한 한 마리 병아리의 모습 그것이었다. 갑자기 솟아오르는 눈물을 참기 위한 본능적인 몸짓이었음은 두말할 필요조차 없다. 늘 어린애로만 보았던 내 아들이 그날따라 어른처럼 대견스러웠다.

실패와 좌절감에서 채 벗어나기도 전에 부모 곁을 떠나는 이런 이별연습은 어린 가슴으로는 너무 벅찬 고통이었으리라. 한 번쯤이라도 이런 고통을 겪어보지 못한 사람들은 그런 아픔이 어떤 것인지조차 짐작하지 못한다. 우리 인간들이란 무슨 일이건 간에 실제적 체험을 하지 않고는 알지 못하는 우매함이 누구에게나 있다. 그저 관념적인 해석에 쉽사리 그쳐버리거나 피상적인 자기해석에 의지해버리기 때문이다. 그날따라 재수再修 삼수三修를 하고도 목표로 했던 대학에 실패하여 지방대학에 유학시켰던 내 친척들을 제대로 위로하지 못했던 자신이 부끄러웠다.

우리 내외는 자식을 떼어놓은 서울을 뒤로하고 집으로 향하였다. 토요일 오후의 서울 거리는 몹시도 번잡스러웠다. 한 시간이 넘어서야 도심을 벗어날 수 있었다. 양재를 지나 얼마를 가다가 내가 먼저 아내에게 말을 건넸다. 우리가 이렇게 아픈 만큼 자식들은 가슴 아파하지 않을 거라고.

그제서야 아내는 참았던 눈물을 한꺼번에 쏟아버렸다. 애써 슬퍼할 일은 아니라고 위로했지만, 나 역시 가슴 저미어 옴을 감출 수가 없었다. 정작 당사자인 자식들은 부모만큼 이렇게 슬퍼하지도 또 괴로워하지도 않는다. 부모만이 세상의 그 어느 것보다도 제일 자식을 소중하게 여기고 사랑한다. 그래서 예로부터 우리 선인들은 자식사랑을 '내리사랑'이라고 하지 않았나 싶다.

인간은 참으로 어리석은 존재다. 부모의 은혜가 하늘과 바다와 같다고 해도 돌아가신 연후에야 때늦은 후회를 하게 되고, 이별도 직접 체험하지 않고는 그 슬픔의 정도를 가늠하지 못하는 게 우리 인간들이다. 나이가 들어가면서 세상을 배우게 되고 세상의 순리를 깨닫기도 한다. 사람의 나이 마흔을 불혹不惑이라고 하고, 쉰 살을 지천명知天命이라고 하는 소이연이 여기에 있나 보다. 불혹은 40년 이상의 세월 동안 세파에 씻기면서 하늘이 허여許與해 준 소명召命을 알 법도 하다는 말이다. 서울에 있는 우리 아들 역시 이러한 이법에 따라 더 여물게 하는 하나의 필연적인 통과의례일 거라고 위로했다. 새삼 자식사랑이 무한대의 내리사랑이란 것을 절감하면서.

정말 자식은 부모에게 있어 어떤 존재인가?

(1995년)

한여름 밤

금년 여름처럼 빗물에 진저리가 날 정도로 지리했던 해도 드물 성싶다. 나는 비를 무척 좋아한다. 하지만 올여름 장맛비는 해도 너무했다는 생각이 든다. 좀처럼 열릴 것 같지 않고 굳게 닫혔던 민의民意가 한 세대를 넘기고 나서야 가느다란 여울목에 들어섰기 때문에 여태껏 갇혔던 봇물이 한꺼번에 쏟아진 탓이었을까?

역리逆理로 치닫던 인간을 호령이라도 하는 것처럼, 아니면 천형天刑이라도 내리듯이 그렇게 잔혹한 모습으로 우리 앞에 다가섰다. 정말이지 수많은 피를 먹고도 내뿜질 못하다가 자연의 순리 따라 응어리진 원한의 덩어리를 한꺼번에 쏟아냈을 법도 하다.

노자는 『도덕경』에서 "최상의 선은 물과 같다. 더구나 물은 모든 만물을 이롭게 하면서 다툼이 없고, 사람들이 싫어하는 낮은 곳에 처해 있으므로 도라고 할 수 있다.”라고 했다. 정말 물이 없고는 이 세상 그 어떤 것도 존재할 수 없다. 발끝에 차이는 미물이나 풀 한 포기일지라도 이것이 없으면 살아남질 못한다. 물은 세상 사람들처럼 이득이나 손실을 셈하지 않고 공명功名을 다투어 앞서거나 뒤서거니 하지 않는다.

우리 인간들과는 달리 오히려 낮은 곳으로만 흘러 채우려 하고, 그런 곳에 처하기 때문에 스스로 시내를 이루고 강을 이루면서 바다에 이른다. 이른바 ‘수처락隨處樂’이다. 그런 까닭에 물은 겸허와 순리의 상징이다. 그리고 물은 무언과 관용, 만유융합萬有融合의 네 가지 덕이 있다고 노자는 ‘군치君治’에서 강조하지 않았나 싶다.

사실 세상을 다 쓸어버리기라도 할 것처럼 장대 같은 소낙비가 쏟아지고 천둥이 천지를 뒤흔들면 사람들은 하늘을 무서워한다. 극성스러우리만치 지리했던 올여름 장마와 이로 인한 우리의 정신과 물질적 고통은 인간의 지혜로는 헤아릴 수 없는 엄청난 것이었다. 금년 여름은 오만한 우리들 가슴속에 말없는 가운데 이 겸허와 관용과 순리의 도를 유감없이 보여주었다.

물놀이 가자던 어린애들의 성화도 연일 쏟아지는 이 장맛비로는 설득시킬 수가 없다. 그리하여 여름방학만 되면 즐겨 찾았던 산수 좋은 할아버지 정자에도 가질 못하고, 근교의 시냇가를 찾아 하루쯤 텐트를 치고 낚시질을 하기로 하였다. 오랜만에 소나기가 멎고 푸르른 하늘이 열리던 날, 옆집 개인택시를 불러 교외로 향하였다. 구이 저수지를 지나니 대추나무 밭이 신작로 변에 끝없이 펼쳐진다.

얼마쯤 달리니 ‘다릿골’[橋洞]이 나오고 ‘소금바위’[鹽岩]라는 마을 표지판이 눈에 들어온다. 이곳을 지나니 시냇가 먼발치에 팽나무 한 그루가 의젓한 자태를 드러내며 서 있다. 그곳에서 차를 내린 우리는 우선 자리를 잡아 천막을 치고 짐 꾸러미를 풀어 정리하였다. 어제 큰비가 내린 탓인지 황톳물이 무섭게 넘쳐흐른다. 낚싯줄을 던져 보았으나 물고기들이 통 입질을 하지 않았다.

내가 시골 중학교에 다니던 시절, 방과 후엔 늘 마을 앞 시냇가에 나가 여울낚시를 즐겼다. 낚싯대래야 고작 가느다란 대나무였고, 낚시는 꼭 파리 모양을 한 가짜 파리낚시였다. 네댓 개를 적당한 간격으로 매달아 시냇물에 던지면 피라미, 불거지 등이 곧잘 걸려들었다. 그때 느껴오는 짜릿한 손맛은 가히 그 무엇에 비길 수 없는 환희였다. 물론 월척越尺을 꿈꾸는 저수지의 강태공들과는 비길 바 아니로되, 이 여울낚시 또한 그 나름대로의 매력이 있어 참 좋았다.

여울낚시는 우선 물이 맑아야 하고, 물의 흐름이 빠른 곳이라야 한다. 그래야 굵은 물고기들이 걸려든다. 그리고 하루 중에서도 이른 새벽이나 해질 녘엔 물고기를 따내기가 어려울 정도로 잘 잡힌다.

더구나 일정한 곳에 자리하지 않고 다리를 물 속에 담근 채 한 발씩 앞으로 나가기 때문에 지루하지도 않아서 좋다. 또 다리를 스쳐 지나가는 시냇물의 감촉이 여간 싱그러운 게 아니다. 어디 그뿐이랴. 물결에 부딪치는 햇살 따라 물고기들이 그 작은 입을 잽싸게 내밀고 먹이를 낚아채려다 걸려드는 그 모습이 어쩌면 그렇게도 앙증스러운지 모른다.

크고 묵직한 피라미를 들어올리기라도 하면 햇빛에 번쩍번쩍 빛나는 모양이 어릴 적 읽었던 금도끼 동화 같다. 마치 동화책 속의 신선 할아버지가 연못 속에서 찾아낸 은도끼 같다는 생각이 들기도 했다. 어쩌다 불거지 —피라미의 수컷— 라도 잡히는 날이면 그 울 긋불긋 영롱한 무지갯빛 태깔이 그렇게 아름다울 수가 없었다.

점심을 짓고 나니 시냇물이 조금 줄면서 맑아졌다. 낚시를 담그고 있던 아들놈이 물고기를 낚았다고 환호성을 울렸다. 제법 굵직한 게 걸려든 모양이었다. 우리 부자는 집에서 내어온 간식도 잊은 채 고기 낚기에 여념이 없었다. 해질 무렵의 낚시질은 더욱 재미가 나는 법이다. 낚싯줄을 던지기가 무섭게 많은 물고기가 걸려들기 때문이다. 재미를 붙인 아들 녀석은 어두워지는데도 아랑곳하지 않고 낚시질에 여념이 없다. 오후 한나절 내내 잡은 물고기를 합쳐보니 서너 그릇의 매운탕거리는 족히 되고도 남을 것 같다.

늦은 저녁을 먹고 시냇물 소리를 자장가 삼아 잠자리에 들었다. 한나절 낚시질에 피곤했던지 아들놈은 금방 잠 속으로 빠져들었다. 그러나 나는 이 신비롭고도 이색적인 밤에 잠을 이루지도 못하고 아내와 함께 밖으로 나섰다. 볼을 스치는 밤 바람결이 감미롭다. 이따금 멀리서 오가는 자동차의 헤드라이트 불빛이 우리들을 스치고 지나간다.

이렇게 한여름 밤은 깊어갔다. 시냇물 소리에 섞여 들려오는 이름 모를 벌레들의 울음소리마저 더욱 애잔한 느낌을 자아낸다. 겨우 자정이 넘어서야 잠자리에 들었다.

질시에 모함과 비리와 부정이 득실거리는 속세를 떠나 강호에 은둔했던 선인들의 마음을 읽을 수 있을 것만 같다. 현실에서 상처받은 마음을 치유하는 길은 만물을 포용하는 자연의 품속일 수밖에 없으리라는 생각을 하면서.

(1987년)

벼리의 힘줄

참 오래전 일이다. 난 무엄하게도 하늘의 순리를 거역해 보려고 몇 번이나 시도한 적이 있었다. 생각하면 할수록 참으로 잔인하고도 끔찍한 일이었다. 지금도 가끔 인간의 잔혹성이 어디까지인지 끝 간 데를 알 수 없다는 생각에서 내 스스로 놀랄 때가 많다.

20여 년도 훨씬 거슬러오른 1970년대 후반에 접어든 때였다. 내가 결혼을 하고 남들이 다 그랬듯이 나도 첫째아이를 가졌다. 내 인생 여정에서 가정을 꾸리고, 그리고 우리의 분신이 뿌리를 내려 가정의 구성원이 되게 해주신 하나님께 감사했다. 내 아버지가 그랬던 것처럼 나도 그렇게 아버지가 된다는 것이 대견스럽고, 한편으로는 야릇하기도 했다.

그러나 그게 그렇게 쉬운 일은 아니었다. 달이 차서 출산의 진통이 시작되자, 시내 큰 종합병원에 아내를 입원시켰다. 거의 하루가 다 지나가도록 삼천 마디 뼈가 녹는다던 힘든 진통의 시간이 흘러도 좀체 순산이 되질 않았다. 결국 제왕절개시술로 첫아들을 얻었지만 아내는 난데없는 수술사고를 당한 후였다.

아들을 낳았다는 기쁨보다는 오히려 산모의 걱정으로 정신이 없었다. 의료보험이 없었던 때인지라, 수술비와 입원비도 만만치 않았다. 퇴원 후에도 그 후유증으로 이루 말할 수 없는 고통을 겪었지만, 지금까지도 아내는 지병이 되어 힘들어하는 모습을 볼 때마다 미안한 생각이 들 때가 많다.

그런데 얼마 지나지 않아서 엄청난 사건이 일어났다. 첫애의 젖을 떼기도 전에 둘째 아이가 들어선 것이다. 몹시 힘들어하는 아내를 볼 때마다 안쓰러운 생각이 들기도 했지만, 도무지 어찌해야 할 줄을 몰랐다. 첫애를 키우는 데도 우리 부부는 몹시 감당하기가 힘들 정도로 어려웠다. 애당초 에미의 젖을 물려고도 하지 않았고, 몸이 허약하여 주야장천 병원 문을 제 집 드나들 듯하였다.

제 몸이 불편한 때문인지 잠 한숨 자지 않고 울기는 왜 그렇게 울어대는지 야속하기까지 했다. 우리는 밤이면 밤마다 눈 한번 제대로 붙일 수가 없었다. 어디 조용한 곳에서 단잠 한번 자 보는 게 소원이었다. 이럴 줄 알았으면 차라리 결혼을 하지 않았을 거라는 후회도 한두 번이 아니었다.

집안 형편도 말이 아니었다. 가진 것도 없는 데다가 대학원 논문을 쓰고 있는 때인지라, 내 작은 몸으로는 이 모든 걸 감당하기가 몹시 어려웠다. 아내와 고민하다가 우리의 가정을 위하여, 그리고 산모와 어린아이를 위하여 중대한 결론을 내렸다. 지우자는 것이었다. 사랑을 쓰려면 연필로 써야 지우개로 지울 수 있다는 대중가요의 가사말처럼.

동료의 자형이 운영하고 있는 산부인과엘 갔다. 이런저런 사유를 들어 단산을 해야겠다고 했다. 하지만 나이도 있고 하니, 그냥 낳는 게 좋겠다는 의사의 권고에 못 이겨 첫 번째는 그냥 되돌아왔다. 그러나 다시 이모저모를 따져보아도 그 일을 하지 않고서는 도저히 살아갈 수가 없을 것만 같았다.

며칠 후 다시 병원을 찾았다. 산모의 건강이나 가정형편상 아이를 지우지 않고는 살아갈 수 없노라고 사정하다시피 하였다. 결과는 두 번째도 역시 마찬가지였다. 다시 강제설득을 당하고 되돌아오면서 힘이 들더라도 의사의 권고를 받아들이자고 했다. 그러나 현실은 그렇게 녹록하지 않았다. 여전히 큰애는 잠 한숨 자질 않고 한층 더 울어댔다. 급기야 아내는 그 고통을 이기지 못하고 마침내 지쳐 쓰러졌다.

이제 그 누구의 말이라도 끝내 설득당하지 않겠노라고 굳게 다짐을 하고 또다시 병원을 찾았다. 그러나 사정은 이전과는 사뭇 달랐다. 그렇게 친절하게 상담에 응했던 그 의사선생은 파르르 역정을 냈다. 고등교육을 받은 사람들이 그 정도 얘기도 못 알아듣느냐는 거였다. 그리고 그것이 한 생명을 무참하게 죽이는 일이라는 것을 진정 깨닫지 못하냐는 것이었다. 그 순간 당혹감과 함께 밀려든 부끄러움이야 어찌 말로 다 형용할 수가 있으랴. 그 누구의 말이라도 끝내 설득당하지 않겠노라던 굳센 결심은 느닷없는 그 의사의 역정에 봄눈 녹듯이 사라져버렸다. 오히려 무슨 중죄라도 지은 것처럼 얼굴을 바로 들지 못하고 도망치듯 병원을 빠져나왔다.

그리고 우리가 좀 어렵다고 해서 너무 자신의 일에만 집착한 나머지, 인생 일대 씻을 수 없는 큰 죄악을 저지를 뻔했다는 생각이 들었다. 초겨울 날씨라 온몸으로 다가오는 겨울바람이 그날따라 더욱 싸늘하게만 느껴졌다. 그러나 그 바람이 그렇게 시원할 수가 없었다. 다시 한 번 집착執着보다 더 나쁜 게 없다는 불가의 가르침을 떠올려보았다. 애욕과 물질, 일에 집착하는 인간의 욕망이야말로 사람을 망가뜨리는 일이라는 소박한 진리를.

난 지금도 우리 딸애를 보면 무슨 큰 죄나 지은 것처럼 괜히 미안스러워진다. 그 애도 그런 탄생의 비밀을 처음 알았을 때는 얼굴빛이 예사롭질 않았지만, 철이 들면서부터는 아무렇지도 않은 것처럼 보였다. 하지만 사춘기 때부터 거울을 쳐다보며 제 자신이 아름답다는 말을 할 때마다 죄스러움은 더해갔다. 공주처럼 예쁜 딸애를 볼 때마다 참으로 난 씻을 수 없는 죄를 지을 뻔했다는 내면 깊숙한 양심의 소리 때문이었다.

요즘도 딸애는 거울을 보면서 나처럼 예쁜 '퀸카'가 어딨냐고 농을 할 때마다 그런 생각은 더 절실해진다. 난 그럴 때마다 세상 사람들의 만남이 정말 예삿일이 아니라는 걸 절절히 느끼며 살아간다. 부모와 자식 간은 말할 것도 없으려니와, 부부나 형제, 다른 만남도 역시 마찬가지다. 그거야말로 하나님이 만들어준 벼릿줄이다.

벼리의 힘줄, 그것은 동아줄보다도 질긴 인연이다. 그래서 사람들은 이를 하늘이 내려준 천륜天倫이라 했던가 보다. 인위적으로 사람이 만들어버린 인륜人倫쯤이야 제 비위에 따라 얼마든지 가위로 삭 둑 자를 수 있을 테지만 말이다. 유자儒者의 가르침 중에 부위자강父 爲子綱이란 말이 있다. 아버지는 자식의 벼리가 되어야 한다는 말이 다. 너무나 진부한 말이라고 생각할 수도 있다. 그러나 이 속에 담긴 의미는 되새겨볼 만하다. 부모가 자식의 벼릿줄이 되어야 한다는 것 이다.

언뜻 생각하면 전제군주시대에 신하가 임금에게 충성하고 자식이 부모에게 효도해야 하며, 아내가 남편에게 공경해야 한다는 것으로 생각하는 사람들이 많겠지만 사실은 정반대다. 그 막중한 책임은 오 히려 리더인 임금이나 부모의 몫이라는 것이다. 주체가 신하나 자식 이 아니라 임금이나 부모라는 사실이다.

그래서 대통령이 어렵고 부모 노릇도 어렵다. 아무렇게 하더라도 어른이라고 존경받고 공경해야 하는 세상도 아니다. 정말 대통령이 나 부모들이 탄탄하고도 믿음직한 벼릿줄이 되어야 백성과 자식들 로부터 인정을 받을 수가 있고, 세상도 살 만한 세상이 되지 않을까 싶다.

(2002년)

춤추는 입시제도

오늘은 기숙사에 들어간 아들놈이 빨래 한 보따리를 들고 왔다. 대문간을 들어서는 모습이 너무 초췌해 보였지만, 그래도 2주 만에 오는 제 집이어서인지 환한 미소를 머금었다. 요즘 아이들을 보고 있노라면 너무 안쓰러워 가슴이 아릴 때가 많다. 운동선수들의 합숙소야 이미 일상적인 일이 된 지가 오래지만 공부를 위해서 합숙한다는 건 그리 흔한 일이 아니다. 하지만 대학에 들어가기 위한 일이라니 부모나 자식들도 이러한 어려움을 무릅쓰고 따뜻한 가정의 품속을 떠나보내거나 떠나지 않으면 안 되는 노릇이다. 학교 기숙사생에 선발되어 가정을 비운 지도 벌써 반 년을 넘어 일 년이 가까워온다.

금년 여름의 혹서酷暑는 필설로 형용키 어려운 가히 살인적인 더위였다. 기상대가 설치된 이래 기록적인 더위라느니, 일흔이 넘은

노인네들이 내 평생 처음 겪는 폭서라느니 했던 그런 더위인데도 필사적으로 공부를 해야 하는 아들딸들이 그렇게 안쓰러울 수가 없다. 6척이 넘는 껑정한 키에 무척 수척해 보이는 아들의 모습이 우리 내외를 몹시도 가슴 아프게 했다. 매일 기록을 갱신하는 수은주의 눈금만큼이나 자식에 대한 안쓰러움과 미안함이 물밀듯 가슴을 저며 온다. 급기야 참다 못한 내가 입을 열었다.

"아들! 서울이 아니면 어때? 네 능력대로 해봐."

"커트라인이 있어야 아무데나 가죠!"

느닷없이 내뱉는 아들의 이 퉁명스러운 대답을 듣고 난 그만 말문이 막히고 말았다. 그래, 네 말이 맞다. 옛날처럼 학력고사 몇 점이면 어느 대학이 안정권이라거나, 하향지원, 상향지원이라는 말이 맞지, 수능성적만 가지고서야 어디 그게 가능한 일이던가? 내신 성적에다 변별력이 천차만별인 본고사까지 보아야 할 형편이니 넨들 오죽이나 답답하겠는가 말이다.

세상에 집권자에 따라, 장관에 따라 입시 제도가 춤을 추듯 하루에도 몇 번씩이나 바꿔지고 있으니 어린아이들이 받는 고통이야 말해 무엇하랴. 장래 이 나라의 동량棟樑이 될 한 가정의 귀한 자녀들을 입시제도의 생체실험 대상으로 여기고 있는 교육부의 안이한 자세가 한심하기 이를 데 없다.

그날 아들의 느닷없는 이런 반향을 보고 난 할 말을 잃었다. '교육개혁위'의 대학입시개혁안마따나 본고사의 부활은 고등학교 교육의 정상화보다 오히려 교육의 절름발이를 자초하는 일이다. 학교마다 국어, 수학, 영어 과목을 중심으로 특별반이 편성되었음은 물론이요,

고가高價의 과외까지 판을 치고 있는 형편이니 교육과정의 정상화나 전인교육은 공염불空念佛에 불과한 지 이미 오래이지 않은가.

옛날부터 교육은 국가의 백년지대계라 했다. 이 말은 민족과 국가의 장래를 결정짓는 가늠자가 교육이라는 사실을 강조한 말이렷다. 이웃나라 일본은 메이지유신明治維新 이후 미국에 유학했던 선각자들에 의해 일정한 교직과정을 이수하여 자격증을 받는 제도를 '사범학교'에 이식하여 성공을 거둔 나라이다.

오직 교육에 의해서만 민족과 국가를 번영시킬 수 있다는 그런 생각에서 우수한 교육자를 양성하는 사범학교 제도를 만들어 국가가 대대적인 지원을 했기 때문이다. 그 결과 세계 제2차 대전을 주도할 수 있는 국력을 길러 대국들도 두려워하는 국가가 되었고, 원자탄의 잿더미 위에서도 오늘의 일본과 같은 경제, 군사, 과학의 대국이 되었다면 지나친 강변일까?

우리는 그들이 남겨준 유산으로 사범학교 제도를 운영해 왔지만, 우리의 형편은 일본의 그것에 비교될 바가 아니다. 한 나라의 교육정책은 어느 특정인에 의해 즉흥적으로 바꿔서도 아니 되고 변경시킬 수도 없는 중대사다.

군사정권 이래 교육개혁이라는 미명하에 수시로 교육정책이 바뀌지고 입시제도도 덩달아 춤을 추었지만 하나도 나아진 게 없다. 대학의 신입생 선발은 대학 자율에 맡겨져야 한다는 대전제를 반대할 아무런 생각도 없다. 하지만 군사정권부터 30여 년간 다져온 대입제도를 하루아침에 변경시키는 우愚를 범하지 말아야 한다는 것이다.

권위 있는 연구기관의 충분한 분석이나 검토가 없이 즉흥적인 대입제도의 잦은 변경은 변혁도 개혁도 아닌 혼란만 자초할 뿐이다. 대입제도에 맞춰 춤을 출 수밖에 없는 작금의 고등학교 교육이 그 좋은 본보기다. 한 달에 수백, 수천을 호가號價하는 고액과외가 극성을 떨고, 국어, 수학, 영어를 중심으로 한 파행적인 고등학교의 필사적인 입시전략이 그렇다.

하루빨리 고등학교의 교육을 정상화하고 고액과외라는 망국적 폐해를 막는 길은 '교육개혁위'에서 마련한 고육지책일망정 수용하는 일이다. 아름답고 강건하게 자라나야 할 우리의 아들딸들이 당국의 잘못된 교육정책에 시들게 되는 죄악을 범하지 말아야 한다는 말이다. 진정 국가의 백년지대계를 개혁이라는 미명하에 개악改惡함으로써 우리의 귀중한 아들딸들이 희생되는 불행한 일을 자초하지 말아야만 하지 않을까!

(1995)

7부
바람처럼 구름처럼

빗물 같은 정

간밤에 비가 줄기차게 내리더니 아침 출근길엔 바짓가랑이가 종아리에 착 달라붙고 구두에 물이 들도록 비바람이 몰아친다. 출근버스를 기다리면서 오가는 차량의 행렬을 지켜보고 있노라니 천태만상이다. 혼자 자가용을 여유 있게 몰고 가는 사람, 기사에게 몸을 맡기고 뒷자리에 비스듬히 기대어 가는 중년 신사, 만원버스에 숨 막힐 듯 끼어가는 학생들, 참 여러 군상들의 행렬이다.

한참을 서서 기다리다 보니 옷이 흠뻑 젖어 냉기마저 느껴온다. 물에 빠진 생쥐 같다는 생각에 이르니 더욱 처량하고 초라해진다. 사실 난 학생들과 버스를 함께 탈 수밖에 없는 한심한 처지다. 버스를 빌려 타는 겸연쩍음도 그렇고, 이 나이 들도록 그 흔해빠진 자가용 한 대 굴리지 못하는 무능 또한 그렇다. 더구나 오늘처럼 쏟아지는 비바람을 좁은 가슴으로 안을 수밖에 없을 땐 이런 생각은 더 절절해진다.

공부랍시고 삼십오륙 년 간이나 쏟은 노력으로 남들이 부러워하는 대학교수직에 몸을 담았고, 얼마 전엔 하늘처럼 까마득했던 학위도 받았다. 물질로 셈하고 평가하기 좋아하는 지금의 여느 사람처럼 이해득실을 따져본다면 참으로 허탈과 회한에 젖을 수밖에 없다.

말이 좋아 교수이지, 이 직에 몸을 담고 보니 왜 이처럼 한심한 생각이 드는지 모른다. 차라리 이 길보다 다른 길에 그 많은 정열과 노력을 쏟았더라면 떵떵거리며 살 거라는 속물근성이 여지없이 나를 에워싼다. 그리고 오늘처럼 이렇게 처량해지지도 않았을 거라는 속된 생각이 고개를 쳐든다.

요즘은 너무도 허무한 망상에 잠길 때가 많다. 오늘날 대학이 고민하는 문제들이 피부에 닿은 탓인지, 아니면 성취감 뒤에 으레 따라오는 허랑함 때문인지 모른다. 가르치고 배우는 대학에서 정의며 진리라는 게 무얼까 라는 의문에 사로잡혀 자문자답할 때도 많아져 몹시 괴롭다.

활짝 열어젖힌 연구실 창 밖을 보니 모악산으로부터 비가 안개처럼 묻어온다. 몇 년 전 노송동에서 이식한 모과나무와 전나무 사이로 복숭아꽃이 붉게 탄다. 어제보다 훨씬 더 청신함을 더해주는 건 아마 비온 뒤의 산뜻함 때문이리라. 어디선가 두어 마리의 개구리 울음소리가 들린다. 언제 들어도 정감이 가는 고향 소리다.

내가 근무하는 대학은 언제나 시골정취가 물씬 풍겨서 좋다. 솔바람소리, 개구리 우는 소리, 이름 모를 새가 선을 그으며 날아가는 한가로움이 복잡한 세사를 잊게 하고 정다운 고향 생각을 불러일으키기에 충분하다. 더구나 오늘처럼 이렇게 비바람이 몰아칠 때면 온통 하늘의 구름이 하얀 물기둥처럼 쏟아져내리는 선경 같아 신비롭기가 이를 데 없다.

고산 윤선도는 녹음이 한창인 여름에 내리는 비를 녹우綠雨라 하고 그가 거처한 사랑방을 녹우당이라 했다. 그렇다면, 이 봄에 복숭아 과수원이나 진달래가 만발한 산야에 내리는 비를 홍우紅雨라 해도 조금도 이상할 게 없을 것 같다.

몇 주 전 참으로 오랜만에 고향에서 하룻밤을 지낸 일이 있었다. 그때도 오늘처럼 비가 그렇게 내렸다. 내일 있을 조부모님과 부친의 사초일로 잔디며, 상석, 일꾼 등을 점검해야 하기 때문에 하루쯤 앞서 가야만 했다. 내 어릴 적 죽마고우였던 ㅈ사장이 찾아와주어 그와 함께 산소를 둘러볼 수 있었다. 벌초는 연년이 빠짐없이 해왔지만, 수십 년 간이나 그대로 손을 놓아 단장을 하지 않았으니 무덤이 초라한 건 당연지사다.

한없이 허전하고 쓸쓸한 생각에 마음이 편치 못하다. 무상감이 전신을 짓누른다. 아버지 묘는 그래도 덕유산 줄기를 타고 사람의 콧대마냥 곧게 뻗어버린 우동牛洞 앞산에 자리하여 어느 누가 보아도 자리가 좋다는 음택이다. 하지만 할아버지 산소는 6·25때 내가 할아버지 등에 업혀 피난 갔던 반내미재 앞산 다랑이밭에 자리하고 있다. 유언에 따라 아버지께서 우리가 부치던 밭에 모셨다고는 하나, 묘소로 보아서는 결코 좋은 자리가 아니다.

내일 이루어질 사초 점검이 끝난 후, 시냇가를 따라 거닐면서 내 어릴 적 꿈에 잠겼다. 새로이 느껴오는 고향의 흙냄새가 야릇하게 나에게 스며오고, 맑은 물소리가 마치 옛이야기처럼 귓가를 울린다. 아버지가 돌아가신 후 집안이 거짓말처럼 풍비박산이 되었을 때 난 잠시 외가에 기숙했던 시절이 있었다. 그집이 바로 이 시냇가 근처였는데, 아무리 둘러보아도 그집은 온데간데가 없다. 대신 ㄷ전자보급소라는 낯선 시멘트 건물만 우뚝 솟아 나를 맞이한다.

곧바로 시냇가에 자리한 ㄷ여관에 들었다. 주인인 듯한 중년 여인이 무표정하게 나를 맞아들인다. 전망이 좋은 맨 위층에 자리를 잡았다. 창문을 열어 보니 구름에 쌓인 백암산이 우뚝 내 앞에 다가든다. 봄비가 줄기차게 쏟아져내려 내 시계視界를 흐려놓는다.

이렇게 비가 내리는 밤이면 20여 년 전 병상에 있었던 나를 찾아와 위로를 해주었던 옛 친구가 가끔 생각이 난다. 그리고 내 일기장에 정성스럽게 옮겨 써준 김남조의 「빗물 같은 정을 주리라」라는 시구를 지금도 잊지 못하고 있다.

> ……사락사락 사락눈이
> 한 줌 뿌리면
> 솜털 같은 실비가 비단결 물보라로
> 뿌리는 첫봄인데
> 너도 빗물 같은 정을
> 양손으로 받으렴.
> 비는 뿌린 후에 거두지 않음이니
> 나는 스스로운 사랑으로 주고
> 달래진 않으리라

(1989년)

어머니의 얼굴

화장대 앞에 앉아 있는 엄마 등에 매달리면서 딸아이가 응석을 떤다. "엄마! 어딜 갈 거야? 차암, 예쁘다." 딸이기 때문인지, 아들보다 아름다움에 남다른 관심을 갖는 데다가 제 에미에 대한 사랑이 이만저만이 아니다. 아내는 불혹을 넘긴 탓인지 여느 때보다 거울을 들여다보는 횟수가 잦다. 아양떠는 딸애의 응석이 싫지 않다는 표정을 지었지만, 하나둘 늘어가는 주름살을 자꾸 매만지는 품이 허무하다는 빛이 역력하다.

요즘 아이들은 아름다움에 대한 관심이 지나치리만치 높을 뿐더러, 멋에 대한 가치나 수준도 상당하다고들 한다. 지난봄이었던가? '미스 전북'인지, '미스 코리아'인지 미인대회가 열렸을 때, 우리 애들 남매는 텔레비전 앞에 바싹 다가앉아 일일이 번호를 메기고는 ○,

△, ×표로 3단 평가를 하였는데 용케도 전문가들의 채점과 거의 일치했던 기억이 새롭다.

사실이지 요즘 아이들은 아름다움에 너무 민감하고 색상과 조화에도 유달리 관심을 갖고 있기 때문에 입을 옷은 반드시 같이 나가서 사지 않으면 안 된다고 한다. 그렇지만 이만한 미적 감각이 있는 아이들일지라도 그들이 제대로 보지 못하는 경우가 많다. 그것은 자녀가 부모를 보는 안목이다. 사물만 들여다볼 수 있는 눈[目]은 있지만 청탁淸濁이나 선악善惡을 가리어 볼 수 있는 눈[眼]이 어린이들에겐 부족하다는 것이다. 마치 부모가 자식을 볼 때처럼.

실제로 미인대회가 열릴 때마다 우리 아이들은 제 엄마가 나가면 미스 코리아나 미스 유니버스에서도 월등한 점수 차로 진眞감이 될 것이라고 생각을 한다. 정말이지 어릴 적 순진무구한 동공 속에는 어머니의 모습이 세상 어느 누구보다도 멋지고, 어느 여인네보다도 아름답게만 비친다. 내가 어렸을 적에도 내 어머니는 참으로 곱고 아름다웠다. 동그란 얼굴에 곱게 머리를 빗어 낭자한 모습은 정말이지 우리 동네에서는 제일 예뻤다.

한 이태 전 백목련이 온 뜰 안을 화사하게 가득 메우던 날, 홀로한 많은 세월을 살아오신 어머니의 회갑연을 열고 당신의 행복과 평안을 빌어드렸다. 동료 교수들이 몰려와 축수의 인사말을 올릴 때 당신은 눈물을 글썽이셨다. ㅈ교수는 전형적인 한국의 어머니처럼 너무도 조용하고 온화한 정이 넘치신다고 하였다. 사실 우리 어머니는 순하디 순한 품성을 지니셔서 좀처럼 성을 내거나 자식들에게 야단을 치는 일이 적었다.

내가 몇 살 때인지는 잘 기억할 순 없지만, 동구 밖 울타리 가에 주렁주렁 매달린 호박에 말뚝을 박았을 때, 그것도 어린 생명인데 그렇게 무참하게 짓밟았다고 종아리가 피멍이 지도록 매를 맞은 기억 말고는 별로 생각나는 게 없다. 여간한 일에 화를 내시거나 고함을 치는 일이 없이 늘 조용한 성품을 지니셨다. 혹시나 우리 내외가 아이들의 버릇을 고친답시고 회초리를 잡으면 어쩔 줄 몰라하시고 때론 그런 우리를 나무라는 무던히도 정이 많으신 분이다.

검은머리보다 흰머리가 많은 어머니는 항상 머리를 곱게 빗고 비녀를 꽂아 낭자를 하신다. 그리고 한복을 입으면 정말이지 한국 여인네에게서나 볼 수 있는 조화의 아름다움을 느낄 수가 있다. 그러면서도 가끔 잔잔한 미소를 머금기도 하시지만, 거기엔 오히려 짙은 그림자와 한숨이 읽혀진다. 젊어 홀로 되어 견딜 수 없는 고독을 씹으면서도 결코 그것을 내색하지 않았다. 오히려 자식에게 쏟는 사랑으로 대신하면서 인고忍苦의 삶을 참으로 의연하게 살아오셨다.

그런 탓인지 가끔 자신도 모르게 흐르는 한숨 속에는 온 세상의 고뇌와 한이 다 녹아내리는 것처럼 깊었다. 이제 어지간히 그을은 어머니 얼굴엔 한숨만큼이나 굵은 주름살이 많이 느셨다.

좀 부끄러운 이야기이지만, 우리 어머니는 돌아가신 아버지와 금슬 좋게 사랑을 가꾸며 사신 기간이 짧았다. 본디 사업을 하시던 아버지는 술도 많이 마시고 또 딴살림까지 차린 일도 몇 번씩이나 되었다고 하니 그 애와 한을 어떻게 삭이셨는지 모른다. 일제 강점기 때 일본 놈들이 이 나라 처녀들을 정신대로 마구잡이로 끌어들이는 판에 나이 열여섯 살에 시집을 와서 우리 4남매를 가르치고 기르시

느라 손발이 다 닳았다. 더구나 서른아홉 살 한창 나이에 돌아가신 아버지 노릇까지 대신해야 했으니 얼마나 벅차고 막막한 일이었을까? 생활의 아픔은 말할 것도 없으려니와, 외로움의 한이 자식에 대한 사랑만으로 어찌 대신할 수 있었을까.

옥창玉窓의 심은 매화 몇 번이나 피고 지었는가
겨울밤 차고 찬제 자취눈 섞어치니
여름날 길고 긴제 궂은비는 무엇인가
가을달 방에 들고 실솔이 상床에서 울 때
긴 한숨 지는 눈물 속절없이 헴만 많다
아마도 모진 목숨 죽기도 어렵구나

허난설헌의 「규원가閨怨歌」의 일부다. 규원가라기보다 홍만종이 『순오지旬五志』에서 원부사怨夫辭라고 하였는데, 이것이 오히려 더 그 정조에 가깝고 바르다는 생각이 든다.

차라리 사업에 바쁘고 딴살림을 차리셨을 땐, 봄날의 매화가 몇 번이나 피고 지어도 돌아올 희망이 있어 참고 견딜 수 있었지만, 아버지가 타계한 이후에는 그런 가능성도 없는 절망 속에서 어떻게 살아오셨는지 저절로 머리가 숙여진다. 봄날의 꽃이 화사해도 상춘賞春할 임이 없고, 여름날 궂은비나 가을밤 귀뚜라미 소리는 차라리 노래가 아니라, 처절한 피맺힌 절규로 얼마나 가슴에 멍이 들었을까. 잠 못 이루며 쏟아내는 긴 한숨, 눈물에 베갯머리를 얼마나 적셨을 것인가를 어찌 짐작할 수가 있으랴 싶다.

생활이 어렵고 고달플수록 우리 4남매가 가엾었던지 "네 아버지만 살아계셨더라도……."라시며 말씀을 채 잇지도 못한 채 눈물을 보인 적도 한두 번이 아니었다. 그러면서도 가끔씩 임종을 앞둔 아버지께서 어머니께 남기신 마지막 말씀을 곧잘 들려주시곤 하였다. 좀 고생이 되더라도 자네는 아들이 있으니 영화가 있을 거라던 그 말씀을.

나이 들면서 부모의 은혜가 하늘이나 바다보다 높고 깊다는 관념적인 생각에서 벗어날 만큼 철도 들었다. 그리고 지금은 집을 드나들 때마다 혼정신성의 마음가짐으로 어머니의 얼굴을 살펴보게 되었다. 워낙 말수가 적은 나지만, 한두 마디라도 이것저것 여쭈어 본다.

오늘 아침은 유난히 얼굴이 밝고 혈색이 좋아 보인다. 어제 작은아들 내외가 손자까지 몰고 온 탓이었을까. 아니면 마당의 감과 모과를 따고 온 가족이 오순도순 저녁을 나누면서 귀여운 손자들이 재롱을 떤 탓이겠거니 그렇게 생각해 본다.

(1986년)

여울 낚시

고기잡이의 즐거움이란 말로 형언할 수 없다. 어릴 적 시골에 살았던 사람들은 개울이나 도랑에서 미꾸라지나 붕어를 잡고 즐거워했던 추억이 있을 거라는 생각이 든다. 비 내린 방과 후에 동네 아이들과 들판에 나가 바지를 정강이까지 걷어붙이고 도랑을 따라 맨발로 샅샅이 훑어가면서 물고기를 잡았다. 산태미에 풀쩍풀쩍 뛰어오르는 황금빛깔의 붕어나 꿈틀거리는 미꾸라지의 그 곰살거림에 우리들은 얼이 빠졌다.

요즘엔 냇가에 나가 보면 그물을 던져 고기를 잡는 어부 같은 사람들을 곧잘 볼 수가 있다. 그물을 어깨에 메고 시냇가를 따라 가다가 고기가 모여 있을 법한 곳에 커다란 원을 그리면서 그물을 펼치면 고기들이 모조리 걸려든다. 잘고 굵은 고기들이 그물망에 모조리 걸려들어 씨가 마르기 때문에 투망질은 원칙적으로 금하고 있지만, 아직도 그런 일들이 여기저기서 자행되고 있다.

그러나 미국으로 이민 간 손윗동서의 얘기로는 미국의 자연보호는 너무 심할 정도로 단속이 심하다고 한다. 낚시를 하고 돌아오는 사람마다 낚은 고기나 따온 전복 등의 크기를 자로 재어서 하나라도 그 기준에 미달되면 으레 그에 상당한 액수의 벌금이 부과된다는 것이다. 말만 들어도 과연 선진국답다는 생각이 들었다.

독약을 풀어 물고기의 씨를 말리는 야만적인 천렵행위나 물고기의 크고 작음을 불문하고 그물을 던져 모조리 잡아버리는 우리네와는 너무나 대조적이다. 고기잡이라 하더라도 고깃병을 놓거나 낚시질을 하는 것은 전적으로 고기들의 임의성에 맡기는 까닭에 양심상 그다지 마음에 걸리지 않아서 좋다.

지난여름, 전주 근교에서 여울 낚시를 즐긴 적이 있었다. 온 가족이 다 동원이 되어 아이들은 고깃병을 놓아 물고기를 잡았고, 아내는 밥을 짓는다, 간식을 나른다 법석을 떨었던 즐거운 하루였다. 난 온갖 세상의 일이란 모두 다 잊고 오로지 흐르는 냇물에 떠 있는 낚시줄에 온 정신을 다 쏟았다. 가끔씩 묵직하게 손목을 자극해오는 손맛이 뭐라 형용키 어려울 정도로 짜릿했다. 이러한 손맛은 큰 물고기를 들어올릴 때의 환희에는 비길 바 아니로되, 그런대로 나를 사로잡고도 남았다.

한동안 낚시에 여념이 없는 나에게 한 젊은이가 다가와 신기하다는 듯이 쳐다보더니 낚시의 미끼가 뭐냐고 물었다. 곧바로 그 미끼가 모조 가짜파리 낚시라는 사실을 안 그는 적이 놀라면서 "선생님,

아무리 물고기라지만 너무하셨네요. 진짜 파리인 줄 알았는데……"
라며 묘한 표정을 짓던 모습이 지금도 생생하다. 농삼아 던졌던 그
젊은이의 말을 다시금 생각해보면서 '그래, 지나치다는 생각이 들 수
도 있겠지. 허나 사람이 사람을 속이며 미워하고, 모함과 중상을 하
는 그런 세상 사람들과는 그 유類가 다르지, 암 다르고 말고.' 라면서
애써 스스로를 달래었다.

 고기잡이의 즐거움을 노래한 시가는 그 양을 헤아리기 어려울 정
도로 많다. 그 중에서 율곡이 지었다는 「낙빈가樂貧歌」와 퇴계의 「환
산별곡還山別曲」이 눈을 끈다. 이들 가사는 강호에 은둔하는 가운데
고기잡이의 즐거움을 노래한 것으로 다른 작품과 달리 작자가 가어
옹假漁翁이 아니다.

    낙대를 둘러메고 조대釣台로 내려가니
    흐르나니 물결이요 뛰노나니 고기로다
    은린옥척銀鱗玉尺을 버들움에 꿰어 들고
    낙조청강落照淸江의 흥을 겨워 돌아오며
                        (낙빈가)

    세백사細白糸 저 그물을 여울여울 던져두니
    은린옥척銀鱗玉尺이 고고이 맺혔거늘
    자나 굵으나 다주어 따내어
    자고기 솟고치고 굵은고기 회를 쳐서
                        (환산별곡)

「낙빈가」는 낚시의 즐거움을 노래했지만, 「환산별곡」은 그물로 고기 잡는 즐거움을 노래하였다. 낙조가 드리운 맑은 시냇가에 은빛 물고기를 버들가지에 꿰어 들고 돌아오는 즐거움이나, 그물로 물고기를 잡아 회를 쳐서 먹는 무공해의 신선함과 매운탕의 감칠맛은 자연과 어우러져 멋의 극치를 이루고 있다. 그 어디에 속세의 욕망과 모함, 질시가 배어들 틈이 있으며, 세상 명리名利가 이들의 안중에 있을까 싶다.

이러한 퇴계의 인생관은 거창 영승리에 은둔해 사셨던 선대 할아버지에게 퇴계가 몸소 방문하여 농상어초農桑魚樵의 사락시四樂詩를 증시하고 호를 사락정四樂亭이라 친필휘호했다는 것에서도 찾아진다. 특히 사락四樂 중에 고기 잡는 즐거움을 노래한 「어락漁樂」의 5언시는 앞의 「낙빈가」와 「환산별곡」의 그것과 동일하다.

고기 잡는 즐거움을 알만하네	我識漁家樂
시냇가 언덕에 사립문 내니	柴門住崖傍
나는 새 노는 물고기 그 마음 읽을 수 있다네	禽魚慣情性
구름달이 푸른 물결 위에 하얗게 부서지고	雲月老滄浪
술 익은 마을에 그 향기 그윽하니	嗅酒村酤美
매운탕 국물 한결 입맛을 돋우네	烹鮮澗芼香
천석꾼 만석꾼이 이러할까?	何如萬錢客
정정政情의 잘잘못 내 헤아릴 바 아니리.	覆餗禍難量

실로 산수 좋은 산촌에 은둔하여 자연과 더불어 사는 그 즐거움은

세상 명리名利와는 비견할 수 없다. 시냇가에 조그만 초정草亭을 짓
고 낚시를 드리우는 즐거움도 즐거움이려니와 잘 익은 술과 어탕魚
湯국 안주는 세상의 산해진미에 비교할 게 아니다. 정말 일국의 재
상이나 억만장자도 즐길 수 없는 신선의 즐거움이 아닐 수 없다.

우리 선대 할아버지들은 거창 영승리迎勝里나 안의의 새들처럼 산수
좋은 곳에 터를 잡고 자연과 더불어 살아왔다. 지금도 풍광 좋은 시냇
가에 자리한 사락정四樂亭과 거연정居然亭, 군자정君子亭은 우리 선조들
이 이러한 산수벽山水癖을 치유하지 못하고 얼마나 가슴앓이를 했는지
짐작하고도 남는다. 유독 바다보다는 산과 시냇가를 즐겨 찾는 내 성
격도 선대 할아버지가 남겨준 천석고황泉石膏肓의 탓이지 싶다.

(1988년)

선조의 숨결

오늘 아침도 찌뿌둥한 몸으로 차마 자리를 박차고 일어나지 못하고 있는데, 어린 꼬마들이 우르르 달려와 제각각 "굿모닝 파파" "개덥" "허리업"이라고 법석을 떤다. 지난 3월부터 애들이 다니던 학교가 영어시범학교로 지정된 터라, 철모른 아이들은 토막영어에 신명이 나서 되나 캐나 지껄여댄다. 같은 학교에 아들을 둔 동료 ㅎ교수는 아침마다 물어 쌓는 영어단어에 한영사전을 들추어 찾노라 여간 곤욕을 겪지 않는다고 푸념을 늘어놓기도 했다.

한 번은 학교에 다녀온 그 꼬마가 화장실에 갔다가 선생님을 만나 볼일을 같이 보면서 "굿모닝 써?"라고 인사를 하였더니, 그 선생님이 "굿보이"라고 응답하더라는 아들의 말을 자랑삼아 이야기하면서 박장대소한 일이 있다. 교육학을 전공한 그분도 언어교육은 어릴 적부터 하는 게 효과적이라고 하면서도, 철모른 어린아이들에게 이러한 교육방법을 도용한다면 우리 전통문화에 대한 어린이들의 인식이 어찌 될까 대단히 우려된다고 했다.

언어교육은 조기교육일수록 효과적이라고 한다. 그러나 이러한 조기교육으로 인하여 순진한 어린이들의 마음속에 티끌만큼이라도 우리의 것은 형편이 없고, 서구의 것만이 최상의 가치로 여겨 맹목적으로 동경하는 마음만 길러진다면 이 또한 큰일이다. 서구적인 것은 무엇이든 좋고 아름답지만, 우리의 것은 모두 다 쓸모없다는 자비심이 길러진다면 말이다. 그렇지 않아도 우리네 가슴속에는 자신도 모르는 사이에 서구 선호적인 의식이 강하게 자리하고 있는 서글픈 현실인데.

세상이 이토록 참 많이도 변했지만, 우리가 어렸을 적엔 선생님은 화장실에도 가지 않는다는 신성성 같은 게 있어서 하늘같이 우러러보았다. 그리하여 무슨 심부름을 시키더라도 다른 아이보다 먼저, 그리고 많이 시켜주었으면 하고 늘 선생님 책상 언저리를 맴돌던 때가 많았다.

그러나 지금은 그때완 사뭇 다르다. 머리가 굵은 대학생은 말할 것도 없으려니와, 초등학생도 고학년만 되면 선생님 심부름을 귀찮아한다고 한다. 나는 몇 년 전부터 잃어져가는 우리의 전통문화에 대한 아쉬움 속에 늘 무섭게 변화하는 젊은 세대들을 보면서 진정 우리가 추구하여 얻고자한 것이 무엇이었는지 골몰해왔다.

그러다가 한 서너 해 전, 참 우연히도 우리의 것에 대한 새로운 발견으로 참신한 감각과 인식의 안목을 지닐 수 있었다. 고전문학을 하는 나로서는 필수 불가결한 족보에 관한 것이었다. 애초 좁은 시각과 몰이해로 케케묵고 쓸데없는 전대의 유물로만 보아왔던 자신이 족보가 조선사회 질서체제의 중요한 역할을 담당했다는 긍정적인 관점으로 기울어진 것은 얼마 되지 않은 최근의 일이다.

이제까지 정확하게 알려지지 않았던 조선 중종조 관산별곡關山別曲의 작자를 찾으려고 거제반씨 대동보를 몇 번이나 뒤적였다. 그러다가 자字로만 나와 있는 반공문潘公文의 본명이 반석평潘碩枰이라는 사실을 찾으면서 그의 관직과 가계, 작품연대 등 귀중한 국문학적 자료를 새롭게 조명할 수 있었다. 그 뒤 조선조 사대부 계층연구의 권위자인 ㅈ대학의 ㅅ교수로부터 조선사회의 가승家乘이 위, 아래를 구분 짓는 항렬行列과, 멀고 가까움을 잴 수 있는 촌수寸數가 한 족벌의 상하좌우의 질서가 되었다는 이야기를 아주 흥미롭게 들을 수 있었다.

뿐만 아니라 타 족벌과의 혼사로 얽혀지는 소위 과갈瓜葛관계—혼사로 이뤄지는 어머니나 할머니 등의 인척관계로서 그건 마치 오이나 칡넝쿨처럼 얽혀 있다는 뜻에서—는 배타적이기 쉬운 조선사회 구조를 동질화하는 데 크게 이바지했다고도 했다. 그리하여 이제까지 내팽개쳐진 구보舊譜를 정리하고 또 고조할아버지 고택과 정자를 둘러보면서 너무도 문외한인 오늘의 나를 몇 번이나 탓했는지 모른다. 4, 5대를 걸쳐 살아온 할아버지 고택은 이미 도지정문화재로 지정되었고, 300여 년 전 모정茅亭으로 시작된 거연정居然亭도 도지정문화재로 남아 있어 묵묵히 옛날 할아버지의 이야기들을 우리들에게 들려주고 있다.

요즘도 오가는 관광객들이 시원한 바람과 맑은 물이 한데 어우러진 자연의 아름다움 품속에 안겨 상처받은 도회의 아픔을 위로받고

즐거워하는 걸 심심찮게 볼 수가 있다. 이 정자는 덕유산 동남쪽 기슭 산수 좋은 시냇가에 자리하고 있는데, 가만히 보노라면 자연풍광과 너무도 자연스레 조화를 이루어 있는 품이 그야말로 하나의 예술 작품이라는 생각이 든다.

거연정은 시냇가 한가운데 배 모양의 바위 위에 아담하게 자리하고 있다. 난간 바로 아래는 수십 길이 넘는 시퍼런 소沼가 유유히 흐르고 있는데 가끔 낚시를 즐기는 이들도 많다. 어쩌다 큰물이라도 지면 뱃머리 같은 바위가 거센 물결을 양편으로 갈라 흐르게 하고, 바위 정면에 부딪힌 물결은 거연정 지붕 위를 차고 올라 가히 장관을 이룬다.

우리는 매년 이맘때가 되면 어린 꼬마들을 데리고 그곳으로 피서를 간다. 신발 속에 다슬기를 잡으며 여름을 즐기고, 물장구치면서 더위를 잊는 아이들의 기쁨은 더할 나위없는 행복이다. 언제나 할머니 품속 같은 선조의 숨결이 더없이 포근하게 감싸주어 우리를 편안케 한다. 그래서 고향은 언제나 정겹고 아름다운가 보다.

(1986년)

바람처럼 구름처럼

'오랜 세월 조부님의 묘소가 좋지 않고 관리도 소홀하여 민망함이 이루 말로 형용할 수 없더니 이제야 새로이 좋은 자리로 옮기고자 하오니 놀라지 마시오소서.' 라는 고토제를 지낸 후에 파묘의 첫 삽을 떴다. 아침부터 날씨가 찌푸려 혹시나 비가 내리지 않을까 여간 걱정스럽지 않았다.

서너 명의 인부들이 부지런히 삽질을 하더니만, 그 중 한 사람이 허리를 굽히고 호미로 조심스레 흙을 긁어냈다. 실로 43년 만에 햇볕을 쐬게 되는 일이지만, 유골을 수습하는 일이란 유물을 발굴하는 것과는 그 성격이 전혀 달랐다.

다 썩어 버린 관 조각의 흔적이 다발처럼 길쭉하게 드러났다. 아래쪽으로부터 조심스레 호미질을 계속했다. 하체의 유골이 넷이었다. 그리고 몸체는 거의 흔적조차 찾아보기가 힘들었고 머리 부분은 그 형체가 완연하게 드러났다. 유골에 묻은 흙을 조심스럽게 털고 한지로 싸서 부위를 표시한 다음 준비해온 함에 정성스레 모셨다.

바로 아래에 위치해 있는 선친 묘소에서도 이와 똑같은 일이 반복되었다. 그러나 유골을 수습하던 이가 머리를 갸웃거리며 심상찮은 표정을 짓고 있었다. 불안하고 다급한 난 어쩐 일이냐고 다그쳤다.

"쇠골消骨됐는 게뵤."

"예? 5년밖에 안 됐는데."

"유골이 바람 쐬고, 땅이 나쁘면 쇠골돼요."

"아무리 그렇더라도……."

망연자실할 수밖에 없었다. 5년 전, 이곳에 이장할 때만 해도 윤기가 흐르고 자그만 손가락뼈까지도 상하지 않은 채 고스란히 남아 있던 선친의 유골이 아무렴 그럴 수는 없는 것이었다. 그 당시 이를 경이롭게 지켜보시던 당숙께서는 '옛날 같으면 김 나갔다.'라고 할 만한 명당자리라 했었다. 그 좋은 자리에서 이곳 조부님 묘소 곁으로 천장遷葬했더라도 5년 사이에 정말 이럴 수는 없었다.

그때는 우리 뜻과는 전혀 무관한 일이었다. 국유지인데다가 묘소 뒤쪽이 천길 낭떠러지여서 한 그루 남아 있던 노송마저 뿌리째 드러나 사방공사를 해야 했기 때문이었다. 주무부처인 도 산림청을 여러 번 방문하여 이장만은 막아 보려고 백방으로 뛰어 보았지만, 모두가 허사였다. 이장한 지 불과 5년 만에 다시 또 이장을 서둘러야 하는 형편이니, 만일 영혼이 있다면 얼마나 곤혹스러울 것인가라는 생각도 들었다.

소골이 되었다는 말을 듣고 있던 당숙께서 그럴 리는 없다며 더

파보아야 한다고 했다. 차츰 습한 기운이 그 정도를 더해갔다. 너무도 안타까운 일이었다. 작업을 얼마간 더 계속해 보니 당숙의 말씀마따나 내광內壙이 나타났다. 그리고 선친의 유골이 수습되기 시작했다. 그러나 너무도 민망스러울 정도로 소골된 상태여서 원래의 그 모습을 찾아보기가 어려웠다. 그때의 그 망극함과 낭패감이란 어떤 수사로도 대신할 수가 없다. 기가 막힐 노릇이었다. 그렇게 허망할 수가 있으랴 싶었다.

정말 인생은 무상한 존재이다. 세상에 그 무엇이 항존恒存하는 것이 있을까마는 인생이 그처럼 무상할 수 있을까라는 온갖 상념이 온통 내 머리를 휩싼다. 도대체 존재한다는 것과 존재하지 않는다는 게 뭘까? 어디까지를 존재한다고 하는 것일까? 어린 나이에 보아온 조부와 선친의 실체가 이 얼마 남지 않은 몇 조각 유골이란 말인가!

정말이지 인생이란 길이의 장단에 상관없이 이런 한 움큼의 흙에 지나지 않는 것인지. 인간이 곧 자연이라던 노장사상의 본체가 바로 이런 것이련가 싶다. 무수히 꼬리를 물고 일어나는 상념과 회의가 거센 파도처럼 가슴팍을 파고든다. 마의태자의 초라한 무덤 앞에서 한 움큼 부토腐土로 돌아가는 게 우리 인생이라 영탄했던 정비석의 「산정무한山情無限」이 이런 심사였을까?

정말 인생은 무상하고 허무한 존재다. 도대체 어디로부터 왔다가 어디로 가는 것인지 아무도 모른다. 바람처럼, 구름처럼 그렇게 흘러왔다가 안개처럼 흔적도 없이 사라져가는 것일까? 너무도 수수愁愁로운 마음에 내 육신을 파고드는 초겨울 바람이 몹시도 싸늘하게만 느껴졌다.

(1994년)

완전한 땅 전주

학장 서너 분과 함께 군산 출장길에 올랐다. 황금들녘이다. 황혼의 빛이 논 위에 더해지니 황금을 깔아놓은 듯 풍요롭고 아름답다. 태풍이 비껴갔다고는 하지만, 여기저기 벼가 쓰러진 논들이 즐비하다. 벼를 일으켜세운 곳이 거의 없다. 젊은이들은 서울로, 서울로 일터 찾아 고향을 떠나니 일손이 있을 턱이 없다. 농촌은 갈수록 공동화가 되어 쓸쓸하기 그지없다. 이래저래 애잔하고 더 공허해진다.

누가 가을을 남자의 계절이라 했던가. 사람들은 가을이 풍요롭다고들 하지만, 난 이 계절이 오면 으레 가을앓이를 한두 차례씩 겪는다. 올가을도 예외가 아니다. 언젠가 좋아하는 친구와 함께 이 길을 지날 때도 말로 형언키 어려울 정도로 아름다운 하늘 그림을 보았다. 형형색색, 기기묘묘하게 그려내는 하늘 그림이 그렇게 아름다울 수가 없었다. 언젠가 영국 히드로 공항에서 보았던 그런 하늘 그림처럼 이채로웠다. 세상에 어떤 화백도 이처럼 신비로운 그림은 재현하지 못할 거라고 우린 입을 모았었다.

전주 군산 간 백 리 길, 우리나라 최초의 신작로이자, 포장도로의 효시. 일제에 의한 수탈의 길이자, 외국으로 나가는 커다란 관문이다. 한 많던 그 백 리 길이 이젠 전군 간 산업고속화도로로 변신했다. 규정 속도 90㎞라지만, 10㎞까지 허용된 것을 감안한다면 100㎞까지 달릴 수 있으니 분명 고속도로다. 그래서 젊은이들 가운데 속도를 즐기려는 사람들은 이 길을 독일의 아우토반으로 생각하고 무섭게 질주하기 때문에 주의를 해야 한다고도 한다.

사실 이 길은 왜놈들이 우리나라를 강탈해놓고 질 좋기로 이름난 호남미를 제 나라로 실어 나르기 위해 닦은 도로다. 그래서 군산항을 쌀을 실어 나르는 항구라 하여 미항米港이라고 불렀다. 이 들판은 서해까지 백 리를 이루는 큰 평야다. 기름진 이 평야에서 풍성한 농산물이 쏟아지고, 바다에는 소금을 비롯한 해산물이 풍성한 데다가 소백산맥이 흐르는 동부산악지대인 무진장 지역에서는 청량한 임산물을 무진장 쏟아내어 우리 사람살이를 돕고 있다. 하니 이곳을 우리 선인들이 '완산'이니, '완산주'니, '전주'라고 부름직하지 않을까 싶다.

신라 경덕왕 때 이렇게 한자어 지명을 고치기 전에는 '온다라', '온드르'라고 불렀다. 결코 중국문자에 자리를 빼앗기지 않고, 지금도 의연하게 자신을 지키고 있는 봄, 여름, 가을, 겨울, 이 사계절의 이름이 얼마나 대견스럽고 장한가. 이뿐만이 아니다. 한들, 한밭, 한내, 곰나루, 바위고개, 새들, 하늘, 하늬바람, 샛바람, 마파람, 높새바람, 해와 달, 별…… 등등 아름다운 이런 이름들이 헤아릴 수 없을 정도다.

'다라'나 '드르'는 들판의 '들'의 옛말이다. 지금도 중국에서 끝소리를 발음하지 못하고 다음 소리에 이어서 발음을 하는 현상과 같은 일이다. 그러므로 '온다라'나 '온드르'는 완전한 들판이라는 뜻의 '온들'을 순 우리 국어로 일렀던 고대어다. 자연 한자로 개칭할 때는 반드시 '완산完山' 혹은 '완산주完山州', '전주全州'라고 부르는 게 당연하지 않을까? 지구온난화가 가속화되고 아무리 이상기후로 온갖 재해가 끊이지 않아도, 전주만은 이런 재화가 없는 정말 살기 좋은 고장이다. 이름대로 완전한 땅 완산이요, 전주다.

도시개발이 한창인 서전주에서 남쪽을 바라다보면 모악산이 안산案山처럼 이 땅을 응시하고 있다. 이 산 너머엔 그 옛날 후삼국 시절, 삼국을 호령했던 후백제 견훤의 원혼이 떠도는 금산사가 자리하고 있다. 역사란 가정법을 절대 허용치 않지만, 견훤 부자간에 정치적 갈등만 없었더라면 정말 이름대로 이 땅이 완전한 땅이 되었을 터인데……. 참 아쉽다.

모악산은 사이비종교의 요람이다. 한때는 불교신자들이 도처에서 몰려와 인산인해를 이루고 마치 극락세계가 도래한 양 불교의 별천지를 이루었다. 그 모악이 수천 년 전 옛 모습의 옷을 그대로 입고 우리를 응시하고 있다. '모악'의 본디 이름은 '검악'이다. 검악의 '검'은 알타이어에서 신령의 뜻을 지닌 'Kam'에서 유래되었다. 단군왕검의 '검'과 같다. 검은 '금'이나 '감'으로도 읽힌다. 그러므로 검악은 '금악' 또는 '금산'이 되기 때문에 한자로 '금산金山'이 된다. 또 우리말은 'ㄱ'이 탈락되기도 하므로 때론 검악이 '엄악'이 되어서 한자로 표기

하면 '모악母岳'이 된다. 이렇게 본다면 모악은 최고의 신령스런 산이 되므로 완전한 땅, 전주와 조화롭게 합치가 된다. 최고의 산, 모악. 완전한 땅, 전주. 여긴 이 나라 마지막 남은 우리나라의 가나안이다.

때맞춰 말도 많고 탈도 많았던 새만금 방조제가 막아지고, 제 2의 산업화사업이 한창 진행 중이다. 이 사업만 잘 이뤄진다면 모악과 전주가 우리에게 넌지시 알려주듯 우리나라 최고의 복지가 될 수도 있다. 순조 때 전라감사였던 이서구가 쓴 「호남가」 가사 속에는 금 강물이 금만평야를 적시는 날, 이 땅이 사해四海에 빛날 거라 예언을 하였다.

어쩌면 수백 년 후의 지금 이 땅의 미래를 그렇게 예단할 수 있었을까 감탄을 금할 수 없다. 지금 일제가 설계한 대로 용담댐이 막아졌고, 그 물이 취수탑을 거쳐 고산천으로 흐르고 있으니 전라감사가 예언한 대로 금강물이 지금 만경강으로 흐른다. 그리고 새만금의 대역사가 매머드 중국을 향해 삽질이 한창이다.

이렇게 된다면 전라감사가 예언한 대로 이 땅은 세계적으로 각광을 받을 복지의 땅, 가나안이 된다. 모두들 서울로, 서울로 먹이를 따라 떠나가는 개미의 행렬 같은 이농현상도 이제는 멈춰질 수도 있다. 오히려 살기 좋은 곳을 향한 역행렬이 줄을 이을 수도 있다는 꿈도 허무한 일이 아니다.

전군 간 산업화 도로변 쓰러진 벼들이 즐비한 모습도 옛일일 수 있다. 그리고 아름다운 자연을 배경으로 그림 같은 집에서는 음악보다 더 아름다운 어린아이들의 울음소리가 들릴 수도 있다. 새만금 세계 최대의 무역항엔 미국과 중국, 유럽으로 가는 무역선들로 북새

통을 이룰 미래의 아름다운 그림을 그려본다. 그러면 정말 여긴 세
상 최고의 산 모악이 전주의 안산이며, 이 땅은 사람살이에 완벽한
땅 완산이요, 전주가 될 것이리라.

(2007년)

전일환 수필집

예전엔 정말 왜 몰랐을까

인   쇄   2010년   11월   25일
발   행   2010년   11월   30일

저   자   전 일 환
발 행 인   서 정 환
발 행 처   수필과비평사

출판등록   1984년 8월 17일 28호
주   소   서울시 종로구 익선동 30-6
           운현신화타워 빌딩 2층 208호
전   화   (02) 3675-5633 (063) 275-4000
메   일   essay321@hanmail.net

값 9,000원

ISBN 978-89-5925-781-2   03810

※ 저자와 합의하여 인지는 생략합니다.
※ 잘못된 책은 바꿔드립니다.